# 读雨

张儒学 著

天津出版传媒集团
天津人民出版社

图书在版编目（CIP）数据

读雨 / 张儒学著 . -- 天津 ： 天津人民出版社，2020.1（2021.9 重印）
（时光碎语系列）
ISBN 978-7-201-15527-2

Ⅰ . ①读… Ⅱ . ①张… Ⅲ . ①散文集－中国－当代
Ⅳ . ① I267

中国版本图书馆 CIP 数据核字（2019）第 252307 号

**读　雨**
**DU　YU**

---

出　　版　天津人民出版社
出 版 人　刘　庆
地　　址　天津市和平区西康路 35 号康岳大厦
邮政编码　300051
网　　址　http://www.tjrmcbs.com
电子邮箱　reader@tjrmcbs.com

责任编辑　张　凯

特约编辑　李　路　何沁泉
排版设计　刘昌凤
封面设计　钟文娟

制版印刷　合肥市星光印务有限责任公司
经　　销　新华书店
开　　本　880×1230 毫米　1/32
印　　张　9
字　　数　137 千字
版次印次　2020 年 1 月第 1 版　2021 年 9 月第 2 次印刷
定　　价　59.80 元

---

# 目录

## 第一辑　梦想

## 第二辑　村庄

## 第三辑　情怀

# 第一辑　梦想

我喜欢像读诗一般去读雨。读雨那有如姑娘般羞羞答答的微笑，读雨那有如小鸟般缠缠绵绵的呢喃，读雨那有如诗句般平平仄仄的吟咏，读雨那有如梦境般如梦如幻的人生……读雨，便读出了一种妙不可言的快意，许多被雨的音韵点缀的往事，像雨声轻轻地在耳边响起，如一首歌那么优美动听，让我心中关于雨的记忆一下子又泛出丝丝绿意……

# 读雨

## 一

开春后，细细的小雨就悄悄地来了，来得让人格外高兴，因为“春雨贵如油”。那无声无息的小雨，时而像个含羞的姑娘，使山上的树和田野里的麦苗变得含情脉脉；时而像个男子汉，让整个大地都在农谚中充满着激情。春雨里的绿，有着不可比拟的美，草在细雨湿润中绿，花在细雨中开，梦在细雨中飘升。

在院子里闲不住的父亲，对这场细雨不知期盼了多久，才盼来了这开春后的第一场雨。他像种子一样储蓄了一冬的心也开始萌动起来，那沉积了一冬的梦境也开始晃动起来。这时，父亲取下挂在墙上的锄头扛在肩上，戴上斗篷披上蓑衣走去那片田野，时不时高兴地挖上一阵子，时不时抬头看看天空中飘着的细雨，高兴地说："呀，这春雨像是有灵性，盼她来她就真来了哟！"仿佛那经过一冬沉积的田野，在这春雨中苏醒过来，也跟父亲一样欢乐着、微笑着……

春雨沙沙沙地下着，落在嫩嫩的草丛中还眨呀眨的，落在田野里还吱呀吱地响着。父亲虽没读过唐代诗人韩愈的"天街小雨润如酥，草色遥看近却无"，更没读过杜甫的"好雨知时节，当春乃发生"，但他能倒背如流地吟诵着节气歌："正月立春雨水，二月惊蛰春分……"声音粗犷洪亮，也充满着雨的音韵，更像一首诗点缀着春天。

春雨时大时小，父亲看在眼里喜在心头，他仿佛看到的是种子在跳动，是秧苗的害羞……哦，他似乎这才想起：春分时节该下谷种了。父亲便打着牛下到水田里，将板结的田块一铧一铧地犁松，再用耙子耙得平平整整的，再就是等雨后天晴播种。随后，在那田野里，爽朗的笑声，欢快的歌声，播撒种子的声音，被这春雨点缀得更加淋漓尽致。

如果春雨稍大，那也不妨事，反正田里已经播种了。父亲便独坐在小院里，倒上一杯老白干，自个儿喝着自个儿乐着，那干涸的田块需要春雨的浸润，那刚播下的种子需要充足的雨水，春天似乎更需要雨水的点缀，因为一场春雨一场绿嘛。父亲就这样喝着乐着，听着雨珠从屋檐边滴落的“嘀嗒——嘀嗒”声，这声音如翠玉碰击，似珍珠坠地，听了令人激动，使人振奋。

在一场又一场春雨后，太阳便露出了笑脸，仿佛田野笑了，山川笑了，花笑了，草也笑了，到处都是山花烂漫，嫩草飘香。黄灿灿的油菜花，醉人的香味在空气中飘散开去，各种蜂儿在黄花间嗡嗡地乱飞，还有满枝的桃花、梨花、李花，粉红的，雪白的，鹅黄的……父亲看着这姹紫嫣红，百花盛开，他感叹道：“是春雨让花香，让草绿，更让种子萌芽呀！” 仿佛他能听见种子萌芽的声音，还听见山里人对丰收充满希望的笑声……这些声音是春雨带来的，但他觉得比雨声好听，也比雨声真实。

春雨不但白天下，有时夜里也下。夜里那“嘀嗒嘀嗒”的雨声真让父亲听得入神，总觉得像山那边传来的笛声，更像对面山坡上传来的歌声，十分悠扬，十分动听，让他感到新奇，也让他产生甜美的回忆，听着听着渐渐地入梦，梦中他看到山坡上的豆子抽芽了，土里的玉米疏叶了，稻子在灿烂的阳光下拔节了……

春雨，总是将父亲的梦想与希望点缀！

## 二

记得我小时候，雨在我心中就像一首儿歌那么欢快动听。每到春雨来临时，我会走进雨中，一阵欢蹦乱跳，一会儿雨淋湿了我的头、衣服和全身，我不但没感觉到冷，反而觉得春雨柔柔的，暖暖的。然后，我看见早已站在那哗哗雨声中的父亲笑了，而且笑得格外开心，笑声就像雨滴声那般响亮而动听……

也许是春雨的到来，山坡上的树枝出现了新叶，常绿的松枝也似乎增添了新的色彩，所有的绿都在春雨的温柔抚摸下，分外鲜活，根本无须人为的任何点缀，都变得鲜润且惊人。仿佛在那些细雨无声的白日与夜晚，我感到如梦如幻，像一片片流淌的琴声，抒写着我童年时光里的诗句。

在我长大后，雨在我的心目中，就像戴望舒的《雨巷》般浪漫。

每当那细细的雨从窗前飘然而来时，我总是用心去读那雨，想象《雨巷》里那“悠长、悠长，又寂寥的雨巷”。想象自己“逢着一个丁香一样地，结着愁怨的姑娘”。我仿佛身不由己地随那淅淅沥沥的、不紧不慢的、飘飘洒洒的，在窗外依依不舍的细雨，来到我梦中的那条长长的小巷里，走来的也是一个带着丁香气息的她，如诗如画般点缀我青春的浪漫！

前些年，带着梦想在外漂泊的我，最爱的也是雨，雨就像一首首思乡的绝句，常让我读得如醉如痴。每当下雨时，我总是独坐窗前，在那细细的雨声中去感受人生的迷茫。

## 三

如今，我已从外地回到故乡，从迷茫的人生中找到了新的坐标，对雨更多了一份悠闲自得的心态。

也许是我对雨水情有独钟，总是盼望着我所居住的城市下雨。盼着盼着，一场雨悄悄地来临悄悄地飘洒，那点点滴滴的呢喃，那淅淅沥沥的碎语，那羞怯又含情的眼神，真让生活在城市里的人，惊喜不已。这场雨，带给城市一片清凉，带给城市一片热闹，更带给城市一片孤独。雨，让每天都在股市、房价、加薪、晋级中升温的城市，突然显得宁静与温馨起来。

每当细雨飘零的时候，我总喜欢独倚窗前，手拿一本书，泡一杯茶，细细地倾听雨的声音，细细地去品读雨的心扉，细细地欣赏雨的舞姿！这时，我总是喜欢打开窗户，任凭雨把丝丝凉意带进房间，令人心旷神怡，忘掉人世间的浮华、喧嚣、得失，身心不自觉地融进雨那清新、淡雅的意境之中……

沐浴着那美妙动听而又若有若无的雨声，让人总觉得这声音太遥远了，遥远得让人不敢想象，遥远得让人无法真正感受到这雨的内涵，雨能给城市带来些什么？雨，似乎不懂得城里人的心情，更不懂得城里人需要什么，渴望什么，期待什么。雨，在城市里做的永远是它自己。它只从城市的上空，沿着它自己的足迹，飘洒在高高的楼顶上，飘洒在并不属于它的花园里或草坪上，而居住在楼层里的人，似乎早已感觉不到雨的亲近了。盼望中的雨，似乎在感觉中变了味，眼前的雨，不再有从前的俏丽，更是失去了往日的清新。雨，这大自然的精灵。雨，这个城市的过客，似乎早已远离了喧嚣的城市，远离了在城市里生活的人，因为屋里有空调，花园里或草坪上有喷水器，这些早已代替它的功能。雨，似乎只有在“孤独惆怅”中，在“失意人生”里，在李清照“寻寻觅觅”的词句里，才能让人百般的品味。

雨，在城市的上空飘洒着，城市里的街道上，车辆依旧川流不息，行人依旧来来往往，大商场里依旧热闹非凡……雨，远古的天籁，虽然没能让城市改变什么，却让城市变得清凉而美丽。在这初夏，缤纷的雨伞像一朵朵蘑菇飘起来，那人们脸上的微笑，也像点缀雨天后的清凉。那满街的花裙子，也舞动起来，就是商场里的叫卖声，也似乎被雨浸润过，亲切而感人。雨也不知滋润了多少远去的，似乎早已被人们遗忘了的文人墨客的心灵。“空床卧听南窗雨，谁复挑灯夜补衣。”“小楼一夜听春雨，明朝深港卖杏花。”细雨润物于无声，这雨难道不是在唤起人们对久远了的亲情、友情、爱情的怀念么？

“好雨知时节，当春乃发生。”我喜欢雨，我更喜欢像读诗一样去读雨，因为雨总陪伴我在不同的人生道路上，孕育着我不同时期的希望，点缀着我不同时期的梦想。有时雨就像一首儿歌欢快而动听，有时雨就像一首情诗朦朦胧胧，有时雨就像一首思乡的绝句那么缠缠绵绵……由此，我越来越感到，雨不仅仅是一首爱意浓浓的诗，不仅仅是一本充满人生哲理的书，雨，却是一种境界，一种追求，一种心境。

读雨，读出了一种恬静，一种幽雅，一种淡然！

# 河边的柳

## 一

也许是经常去河边的那个茶馆，对茶馆边那棵柳树便有了特别的情愫。

那里的几棵柳树，一年四季都那么的绿，精神抖擞，柳影挺拔。这是几棵没有经历过打顶的树，所以它们自由地生着，奔放地长着，日复一日，年复一年，成就了它们家族挺拔的梦。

也许因为这几棵柳，所以不定期在这儿喝坝坝茶的人很多。这个茶馆却简陋质朴，初看就像一家农户，背街临河，所以不像其他的茶馆人多闹杂。喜欢清静的我偏偏就钟情这里，常常邀一帮文朋诗友来此喝茶聊天，仿佛这儿成了我们每个人的精神家园。因为这个茶馆，也因为伴我们一起成长的这棵柳树，让人有一种远离城市喧嚣和亲近大自然的感觉，茶馆自然就成了栖息我们心灵的好去处。

每个周末，我都尽力推掉不必要的应酬，到离我最近的河边喝坝坝茶，因为那儿地处河边，又有几棵大柳树，所以这儿就是在三伏天也不用撑篷张伞，就是下点儿小雨也打不湿衣服，没有烈日炙烤，也没有烦人的叫卖，只要往这儿一坐，就像到一个“世外桃源”，一杯清茶，就能与相识或不相识的人聊起来，只要话题一打开，谈天说地，其乐融融。

喝坝坝茶时，有的一副象棋，有的一副川牌，有的一个笑话，有的一个段子……就让茶馆里充满着欢乐和笑声。春天，河岸边的柳树刚长出新芽，四周的花开得鲜艳夺目，茶客们在这里感受到浓浓的春意；夏天，河风吹拂，绿柳轻轻摇摆，烈日似乎远离了这闲散之地，茶客们在这儿尽享凉爽；秋天，河水变得清澈，天空变得蓝蓝的，在有人为收获而忙碌时，茶客们在这儿尽感秋色；冬季，尽管天气寒冷，在这儿喝茶的依然大有人在，尤其是遇上有太阳的天气，茶桌会移到空旷地，晒太阳、喝茶一举两得……这坝坝茶，真是让人越喝越有味，越喝越让人迷恋。

夏天，喝坝坝茶的人更多，因为在家里闷得难受的人们纷纷倾巢而出，或散步观花，或静坐喝茶，或打牌下棋，或谈天说地。有时，就是个很平淡的话题，在这儿一说开就变得津津有味；有时，就是很严肃的事情，在这里只要大家你一言我一语，也变得平平淡淡。什么人生得失、事业成败，尽在一杯清茶中。

记得小时候，我常跟着爷爷去镇上的茶馆，因为爷爷最爱的是喝茶。小镇上的茶馆大多坐落在小镇临河的街头街尾，那些摇着小船来小镇赶集的人，总是把船往岸边一靠，便走进岸上的茶馆里，泡上一碗茶，天南地北地聊上大半天。因此，小镇上各行各业的茶馆也就应运而生，爱好养鸽的叫信鸽茶馆；养群鸭的叫毛毛行茶馆；编箩筐背篼的叫篾篾行茶馆；买卖耕牛搞中介的叫“偏二客”茶馆；搞建筑的叫匠人茶馆；打小牌的叫农民茶馆……更让人大饱耳福的，要数茶馆里说评书的人，什么《水浒传》《西游记》《白蛇传》《西厢记》……从他嘴里一出，把文武战场、谈情说爱，展示得活灵活现，淋漓尽致。

没事时，只要往这柳树下一坐，来上一杯清茶，就让人获得一分清静。有时，遇上了两三好友，茶逢知己话难少，心中藏着的快乐与悲哀都像参茶时一样，畅快地一泻而出。有时，偶尔独自一人，那也别有一番情趣，可以翻翻闲书闲报，还可以竖起耳朵听听邻桌趣闻，还可以望着天空等着看来回的飞鸟，认真观察银杏茂密的枝叶是否开始结果。或者干脆闭上眼睛，沐浴着和风暖阳，想想心事，没准这一闭眼就有个意想不到的灵感来。

尤其是晚上，在忙碌了一天之后，我最喜欢独自来这里喝坝坝茶，在灯光的映照下，看着旁边清清的河水，仿佛远离了城里的灯红酒绿，品味着坝坝茶的朴素和真趣，感受着天地融合，袒露真性，回归的远不只喝茶本身。抬头看看天空，天上的星星还在眨着眼睛，头顶的月光似乎还是那么亮，那么美。

二

我家乡的小河边也有许多柳。柳的姿态婀娜迷人，摇曳多姿，常给人以美的感受，我十分喜欢。

记得我家乡的小河边也有一排柳，纵看像一队排列整齐的士兵，在日夜守护着村庄。横看却像一个个含羞的少女，在那初春的阳光下含情地微笑。那日夜奔流不息的小河，似一首十分动听而悠扬的歌曲，让柳陶醉，让柳摇晃着美丽的身姿，如歌似舞地点缀着村庄，村庄因此也变得如诗如画。

仿佛那柳映衬着的小河更充满着浓浓的春意，小河边便迎来了洗衣服的女人们，她们那纯朴而美丽的身影倒映在水里，与那倒映在水里的柳并列，甚至重叠成一道美丽的风景。仿佛看上去，是水里的柳开了花，花花绿绿的，在微波中摇摇晃晃。可再抬头看一下岸上的柳，哪有花呀，却只是一片绿，绿得让人不敢相信，更是绿得富有诗意。难怪贺知章在《咏柳》中写道："碧玉妆成一树高，万条垂下绿丝绦。不知细叶谁裁出，二月春风似剪刀。"

在绿柳的映衬中，转眼间就进入了夏天，可夏天的柳更显出一种成熟的美。那有些嫩嫩的枝条，变得粗大而结实，原先那稀疏的叶，也变得密密实实的。在那火辣辣的阳光的照射下，小河似乎变得更加的温顺而充满灵气。河岸边总是坐着劳动累了的山里汉子，在这柳叶儿轻拂，河风吹送中，他们聊着像陈年老酒般的故事，聊着聊着也似乎充满了激情，同时也有几分伤感，不知是高兴还是忧伤，“扑通”一声，跳进了河里，在小河里尽情地游来游去。

在夏天的月夜里，河边的柳下更是充满着令人神往的色彩。那正在热恋中的恋人，总是在这月夜里，跑到河边的柳树下约会，柳似乎带给他们思念和甜蜜；而曾经有过梦想的人，也一次又一次在梦中来到柳下，追寻着记忆中的往事；那为爱、为生意、为事业而失意的人，也在这皎洁的月光下，在河边走走坐坐，听河水的歌唱，看看柳树那有如清风明月般的淡然，想想柳树那有如河水般的洒脱，心中似乎变得开朗起来，回到家里就忘了所有不高兴的事。梦中还看见这夏天的柳，像母亲的手轻轻地从脸上抚过……

当秋天来临时，田里的稻子成熟了，河边的柳也像山里人一样，充满着收获的欢愉，也沉浸在欢乐与温馨之中。那沿河两岸的稻田里，便传来农人们收割时的欢声笑语，也想起奔忙而坚实的脚步声。柳这时更像曾经在这片田野上耕种过、收获过的老人，用心尽情地感受飘浮的稻香，那沉默饱含着对丰收的祝福。

但那一场秋雨的到来，将刚刚收获过的大地浸润，也将山里人的心情落得缠缠绵绵的。难怪李商隐在《柳》中写道：“曾逐东风拂舞筵，乐游春苑断肠天。如何肯到清秋日，已带斜阳又带蝉。”

在冬天，柳总昂着头，挺着胸，如一个坚强的男人站在那里，默默地守望着那片曾经耕种收获的土地，默默地守望自己的家园。这时，那条奔腾的小河也许铺满了冰，那往日许多美丽的梦想似乎已经凝固，但心中依然对春天充满着向往与期待。

当那暖暖的阳光，照在冬天的大地上，结冰的河水也开始融化，便有女人们来到河边洗衣服洗被子，洗衣时的水声和高兴时的笑声，将这孤寂的冬天点缀。这时的柳，也在阳光的映照下，精神抖擞，如痴如醉，就像山里人躺在刚晒干的被子里一样，梦中也充满着对春的梦想！

## 三

柳，在我心中就像诗一样，点缀着我的人生和梦想。

特别是在春天，一场淅淅沥沥的清明雨过后，不经意间，桃红渐褪的河岸上，湿润的柳梢绿了。真是“晴光暖照里，弱柳扶风，秀色正嫩，千般婀娜”。如果这时坐在茶馆里，泡上一杯浓浓的茶，面朝清清的河面，任微风轻拂，那将是“落花满春光，疏柳映新塘”的境界！

清明节前的夜晚，陶醉在郑愁予浪漫诗句里的几个文友，似醉非醉，一改以往常去的光怪陆离且灯影迷离的歌厅，因为我，他们不由自主地来到了这简陋朴实的茶馆品茶。在明月的映照下，不惹眼的茶馆竟显如此宁静而雅致，特别是那柳，更显得婀娜多姿，像一位娉婷的姑娘婉约动人。在这似乎远离了喧嚣的城市边缘，在这远离了浮躁的另一个天地里，大家尽情地谈笑、聊天，朗读着久违了的诗句。

记得一位漂亮的女诗人即兴吟咏了这首名叫《寻觅精神家园》的诗：

我们习惯栖息在城市中心
寻觅宁静致远的去处
脚步不自觉迈向城市边缘

文学火花在这里迸发
艺术光芒在这里闪烁
时光像小马车
载着钟情文学的你和我……

更多的时候，我还是喜欢一个人来到这里，泡上一杯茶静静地坐一坐，抛开所有高兴或不高兴的事，尽情地感受这难得的清闲。我喜欢梳理脑海中的人和事，常能捕捉到文学艺术的火花，只有这会儿，我才能真正走出了烦人的尘世，不再为名利得失所累，悠闲地心甘情愿地将自己置身于茶一般恬淡的人生境界中。

有人说，这柳像是从古代的《诗经》或唐诗宋词中走出来的女子，仿佛要把人带入远古的遥想之中。其实，这柳更像一位智慧高深的老者，你无论什么时候来，他都以一种同样的姿势站在那里等候你、迎接你，朴实无华，和蔼可亲，永远含着真诚而谦和的笑，哪怕只有清风、明月、一杯茶，但足以让你感到一种久违的亲切！

河边的柳，就这样被诗点缀得浓浓的，也被茶泡得淡淡的！

# 故乡的月亮

## 一

故乡的月亮，最大最圆也最亮。这是每一个漂泊在外的人心中共同的感慨，因为每一个人不管去了哪里，去到多远的地方，总要想起故乡那轮明月，还有那月下宁静的村庄和那涓涓流淌的小河。

我记得故乡的月，是从我家门前的那座山上升起来的，特别是在夏夜里最为明显。因为天热在屋里无法入睡，爷爷便扯来凉席，往院坝里一铺，便一边摇着手中的蒲扇，一边给我们讲故事。那让我们百听不厌的“桃园结义”“唐僧取经”“武松打虎”……

仿佛这小小的山村，就在爷爷的故事中变得格外的神奇而辽阔；这静静的夏夜，就在爷爷的故事里变得海阔天空一般。

最让我难忘的是初秋之夜，月亮悄悄地从山那边爬上来，挂在树梢上，在夜幕渐渐降临时，便更加的皎洁而明净起来，凉爽的晚风轻轻地吹来，多少有几分凉意。因为爷爷有些怕冷，不再来院坝里乘凉了，这里就成了我们小孩的天下了，一会儿跑去院前的小河边，去看水中的月亮，似乎比天上的月亮更好看。一会儿跑去那草垛边捉迷藏，仿佛在月光照不到的地方，小伙伴也找不到，一会儿跑出来一个哈哈，月亮也笑了。随后，我们拍着小手唱着爷爷教我们的儿歌："月光光，挂树梢，大人笑，小孩跳……"

于是，那清纯的月光下便爆出我们一阵阵天真快乐的笑声，仿佛就是我们那快乐无比的童年给月光融入了欢乐无比的色彩。

后来我读到韦庄的"八月中秋月正圆，送君吟上木兰船"的诗句，真是情真意浓，不由得使我想起故乡的习俗。中秋前一天晚上，就得泡好糯米，蒸好后做成糍粑，在中秋节的晚上，一家人捧着大糍粑，摆上糖果去拜敬天地，去把月亮从"天狗"口中救出来，然后再把大糍粑截成小块小块的，去锅里烙好后吃。那情景比乡里的“红白喜事”更富有色彩，因为一切都只有一家人老老小小参与的。

中秋佳节，古今文人最爱借景赏月，吟诗作赋。白居易诗“中秋三五夜，明月在前轩”。柳宗元诗“可怜今夜中秋月，独照寒蛩泣细沙”。赵嘏诗“独上江楼思悄然，月光如水水如天”。真是一缕缕梦萦魂绕的思念之情。

此时，一轮又大又圆的月亮挂在天空中，唯我沉醉于诗一般的意境里，我想，也许我的叔祖父跟邻居们坐在一起，一边看月亮，一边去推测天象。他们说着：

月亮打伞，晒得鬼喊。

月亮起火，大火难躲。

月亮带圈，大风三天。

## 二

故乡那月，依然映透着我许多关于童年的美好记忆，照亮着我许多人生的梦想。不知多少个月明星稀的夜晚，我独坐陋室，如痴如醉地游历于文字间，像儿时游历于爷爷的故事中一般，小小的陋室，似乎也在无尽的守望中海阔天空起来，窗外的月光也似乎更加让人陶醉。

那时，我为了生计而四处漂泊，不知在多少个孤独的夜里，我总是仰视着天空中那轮明月，仿佛觉得天上有很多个不同的月亮。有时，觉得它朦朦胧胧的，就像苏轼的《水调歌头》中写的那个月亮“明月几时有，把酒问青天。不知天上宫阙，今夕是何年。”有时，觉得它凄凄惨惨的，就像《红楼梦》中贾府在中秋赏玩的那个月亮：“趁着这明月清风，天空地净，真令人烦心顿解，都肃然危坐，默默相赏。猛不防只听那桂树上，呜呜咽咽……”有时觉得天上还有一个月亮，多少让我感到“独在异乡为异客，每逢佳节倍思亲”的孤独与寂寞……

独自去到外地打工的我，常在月夜里望着楼下的花园、街道，我聆听着从四周传来的动听诱人的音乐声，心里一下子想起刚离开不久的那个小镇，在小镇上有我打工的小厂，还有那间我一住就是两年多的租赁房，此时，那里也许被这明净的月光映照得更加美丽迷人。

在那个小镇上，那些熟悉的街道与街边杂乱的店铺，似乎没有给我留下很深的印象，因为我每天从那街道上经过时，都只匆匆地赶去厂里上班，下班后又匆匆地赶回家，根本没有心思认真观看这里的一切，这里每天都有动人故事发生与鲜活的内容出现，似乎都在匆忙中与我擦肩而过，而这些动人的故事与精彩细节，往往都是从别人那儿听来的，听来的仿佛比自己看见的还要真实难忘。

让我记忆最深的是夜里的小镇，因为我每次下了夜班回家时，小镇上总是静静的，这时的小镇，似乎属于宁静，属于和谐，属于一个自由自在的自己。这时，我独自走在小镇的街道上，可以自由自在地欣赏小镇的另一番美景，街道上低矮的房子与崭新的高楼形成鲜明的对比，像坑洼不平的道路一样，在模糊的视线中消失。那些街边的杂乱的摊点不见了踪影，整个街道此时已变得干净整洁，暗淡的灯光，像一只只萤火虫般在沿街道的两边延伸，仿佛我此时走的不是街道，而是在一个空旷的世界，一个梦想的天地。

我仿佛听见一阵脚步声，那或许是我正从乡间小道走出，朝着梦想甚至不知名的地方奔走的脚步；或许那是我如一只孤独的小鸟般，在迷茫与荒凉的沙漠里啼叫的声音，声声带血带泪，更是带着期盼，似乎在梦境中终于寻找到栖身的“绿荫”。因为这时的小镇，只属于浪漫与幻想，只属于来自内心的渴望与心灵的依附。

月光如水，月光下的小镇已在我的心中烙下美好的记忆，每当我在月明星稀的夜晚，总是要去梦游一次小镇，或许，那月光下的小镇，还有我在小镇上实实在在的生活，让我终生难忘。

## 三

由于我爱好写作，偶尔回到老家也和县城的文友们聚会。

那次，正遇上文友们为一个即将去成都奔波的文友送行。大家在北山上的农家乐里吃了饭，大家都喝了很多酒，随后就从北塔那边的小路一直走下来，虽然有第一次夜上北山时的那种为文学疯狂的欣喜，但也有为一个即将分离的文友而伤感。一路上，大家都吟了一些关于月光和秋天的诗句。如李商隐的《无题》，刘禹锡的《秋词》等。

这时，那位即将去成都的文友，也十分动情地吟咏了李清照的词："寻寻觅觅，冷冷清清，凄凄惨惨戚戚。乍暖还寒时候，最难将息。三杯两盏淡酒，怎敌他晚来风急？雁过也，正伤心，却是旧时相识……"而喝了酒的我，似乎很多感人的情景都不记得了，唯独记得那晚北山上的月亮很大很亮和他们吟咏的这几首诗和词。

不久，我在一个朋友的帮助下，从打工的外地回到家乡的一个村小教书，结束了我四处打工的艰辛生活。记得那也是在一个中秋夜，从书中抬起头来的我，透过朝着教室外那片田野敞开的窗户，只见窗外一片淡淡的白色，一轮皎洁的圆月已经升起在夜空中了。田野静静的，村庄静静的，只是在月光的浸透下的景色更美，只是在月光的浸透下的思念更浓。

我这才想起今夜正是中秋。我来到这个山村小学快一年了，我对这里条件的艰苦似乎早已习惯，对这里人们的善良更是深有感触。可是今夜却有一种说不清道不明的惆怅，缓缓从心底涌起，直上眉头。一个人的生活，每天忙于工作，不但把日子给过忘了，就连这明净如水的月光，也久违多时。因屋里亮着灯，所以月光不能照进来，只能从窗户中看到她缥缈的丰姿。

我便来到学校后面的山上，坐在山崖边的那块大石头上，遥遥地俯瞰着近处的学校和远处的村庄。这时，在平日里我以为对那里的一草一木，一砖一瓦，甚至每一个角落都十分熟悉的学校，在这美丽的月光下，也变得是那样的陌生，这时没有孩子们朗朗的读书声，而越显静谧与孤独；而远处的村庄呢，也在月光的浸泡下变成了一幅意境深邃的图画，那些弯弯的梯田，一层一层地依着山势螺纹般地向上盘绕着，每一层梯田里，都有一轮月亮，同样地圆圆的、大大的、亮亮的，微风一吹，水面就荡漾着迷人的涟漪，把月光荡漾得碎银子似的。

在这明亮的月光下，人们似乎还没有睡，时不时传来欢快的笑声和爽朗的说话声……此时，他们一定是感受到了无比的温馨与甜蜜，因为一家人正欢聚在一起，共享着中秋佳节的喜庆。

儿时在家，中秋就是全家最欢乐的时刻：吃过晚饭，一家人欢坐在院子里，一边看着圆圆的月亮从天边升起，一边吃着月饼、花生、瓜子，一边听父母说一些关于丰收的话题；或是与村里的小伙伴们在村子前后的田野间玩乐，在明亮的月光下蹦蹦跳跳，打夜仗，钻草垛，玩“老鹰抓小鸡”的游戏……

可自从我来到这里，山里的月亮不知多少次浸透着我的孤独，也不知多少次映亮着我的梦想。心想在这苍茫的月下，今晚自己就是这世间最孤独的人了，可在我回到学校时，看见一个小男孩站在校门口，对我说：“张老师，我给你送月饼来了，我娘说今天是中秋节，吃了月饼才象征着团团圆圆！”这是我认为平时在班上最调皮的学生，此时我似乎看见了他的另一面，善良真诚可爱。

当我接过他手中的月饼，还没来得及说什么，他就转身跑远了。我看着他的背影，眼睛湿润了。

## 四

如今已在县城工作的我，没事总往乡下老家跑。

那是夏天的一个周末，我回到乡下老家看望父亲。尽管乡下树木密集、空气清新，但火辣辣的太阳似乎要把一切都烤焦似的。

乡下人除了早晚上坡干点必要的农活外，多半都待在家里，或者在院前的竹林下乘凉，都尽力去寻找最凉爽的地方待上一时半会儿，合合眼打个盹，也是乘凉的一种方式。

我的父亲乘凉的最好去处是他承包的那个鱼塘，因为要喂养和照看鱼塘里的鱼，父亲就在鱼塘边搭起一个简陋的棚子，棚子是用竹子搭的，父亲还用稀泥巴在外面涂了一层，这样就冬暖夏凉。冬天把门关上，里面升上一个炉子，不管外面下起多大的雪，里面也一样的暖暖的；夏天只要把门打开，凉凉的风就轻轻地吹拂着小屋，里面凉悠悠的，俨然就是天然的“避暑山庄”。棚子里虽然只能放下一张床和几张小凳子，但在这空旷的田野上，在这宽宽的鱼塘边，在这清清的水面上，却显得别有一番风味。

也许我早就知道父亲鱼塘边的小屋冬暖夏凉，我一到老家就直往父亲的鱼塘跑去，只见父亲的小屋里正坐着几个人在高兴地聊着天。他们见我回来了，就赶忙叫我进去坐，他们仍天南地北地聊着，我却在屋里坐着乘凉。也许是我在城里吹惯了空调，回到乡下尽管手中的扇子扇个不停，还是感觉到很热，全身都被汗水浸透，可来到这小屋里，一会就感觉到凉悠悠的。

不一会儿，那几个跟父亲聊天的人走了，父亲就与我聊起天来。在这清清的鱼塘边，时不时有鱼儿浮出水面，弄出“叮叮咚咚”的水声，父亲看着顽皮的鱼，高兴地说：“这些鱼，多可爱，我看见它们就像看见你们小时候一样，多高兴多快乐呀！”我说：“听说你这鱼塘承包期快满了，还承包么？”父亲说：“当然要承包，只要在这鱼塘边一坐，心中就有一种快乐和踏实的感觉哟！”我似乎明白了父亲的心情，虽然我们都劝父亲不要再承包这鱼塘，因母亲常年在城里帮着做生意的弟弟带孩子，也想叫父亲去城里享享福，可他总以有鱼塘走不开为由一再拒绝。这时，我也没有再劝父亲，只是听他说村里新近发生的事，我也告诉他城里最近出现的一些新鲜事……

晚上，父亲说我怕热就让我在鱼塘边的小屋里睡，他回家去睡，我高兴地接受了父亲的这一安排。这是一个多么静寂而美丽的夜，当人们在唤回未到家的鸡鸭之后，月亮便渐渐地沿着那山顶上升起，虽然农家小院的灯火通明，但还是挡不住这月光的明净，那皎洁的月光照在那片静静的田野上，好一幅山村田园美景。我走出小屋，站在鱼塘边，看着月光映照下的水面，如身临仙境一般。

这时，村子显得静静的，似乎没有我记忆中的热闹，特别是在夏天这样美丽的夜晚，到处都是乘凉的人们那热闹的说话声，还有粗犷的笑声和动听的歌声……现在，山村里的大部分青壮年都举家外出打工了，山村里多半是劳动了一生对土地也一生钟爱的老人，还有在山村里默默担当起照顾老人和孩子的女人们，还依旧守护着乡村，依旧守望乡村这浓浓的夜色，延续着山村里耕种和收获的欢愉。

夜已经很深了，我不知是因为这山村的静寂而沉思，还是因为月光下的山村夜色而陶醉，一直无法入眠。尽管我躺在这凉爽的小屋里，但眼前却是被月光点缀的鱼塘美景，我透过这一片清清的水面，看见落在水里的月亮比天上的月亮更明更大更亮。我想起了李白的《古朗月行》：“小时不识月，呼作白玉盘。又疑瑶台镜，飞在白云端……”多么美妙的一种意境，我再低头一看，落在水中的月亮就慢慢在向我靠近，此时，月亮似乎就在我枕下——

我枕着月亮，渐渐地进入了梦里，梦中我却变成了一条快乐的鱼！

# 年味

## 一

一进入腊月，年味就渐渐地浓起来。在这充满浓浓年味的腊月里，不管是在乡间小道上，或是在田间地头，人们总是微笑着赶路，总是微笑着干活，总是微笑着说话……有时一个人还在偷偷微笑着呢！这笑是出自心底的，是被年浸泡过的，香香的，甜甜的，也是美滋滋的！仿佛只有微笑，才能表达出他们心中对年的期盼。在家里，父母一般对小孩也会多一些理解，哪怕孩子顽皮一下，也不会再打骂孩子了；在外面，哪怕再有什么不顺心，一般情况下也不会生气发火。人们也不管在哪儿碰见，在相互的问候中总少不了“年”这个词，“快过年了，你那在外打工的儿子儿媳回家了吗？”“你家杀过年猪了吗？”仿佛这时的年，在他们心中就像这冬天里的阳光，温暖着他们那对常年漂泊在外的亲人的思念，更充满着对来年美好生活的向往。

旧时有“吃过腊八饭，就把年来办”的说法，在过了腊月初八，年就一天天的近了，年味也一天天浓了。随后，便是“二十三祭灶关，二十四扫房日，二十五糊窗户，二十六洗猪头……”进入迎新年的倒计时了。腊月二十三日，人们便在灶台上摆上蜡烛、糖果、清茶，香烟等，在那躬身的祭拜中，似乎把一年来的丰收与喜悦和对来年期待与祝福，让灶神带上天去。在送走了灶神后，腊月二十四便可以挑屋后的“泥沟”和打扫屋里的“灰尘”，不管是院前院后，屋里屋外，都要彻彻底底地打扫一番，从人们那既忙碌又开心的劳动中，看得出他们要“一尘不染”地迎接新年。

在这忙碌的身影中，不但大人们忙碌，就是小孩子也在忙碌，还有七八十岁的老人也在忙碌，男人们忙着掏屋后的“泥沟”，女人们忙着打扫屋里的“灰尘”，孩子们忙着清理自己的玩具，老人们忙着打扫自己的房间……

在年关里，最热闹的莫过于杀年猪了。俗话说："肥猪叫，新年到。"在进入腊月后，人们就准备着杀年猪，谁家先谁家后，似乎在不约而同中有序地进行，因为相邻好友都会借此机会聚一聚。还要不停地打电话问在外工作或打工的儿女，什么时候放假，有没有空回家，能等就尽力等，不能等也要将这杀猪的喜讯告诉他们，把这高兴的氛围也传递给他们，让他们也为杀年猪高兴，为这即将到来的年高兴，更为这经过年关点缀的亲情高兴！

一弯高过一弯，一家胜过一家的杀猪的叫声，让大人和小孩的脸上都含着微笑，心里都装着说不出的喜悦。今天你请我吃"刨猪汤"，明天我请你吃"刨猪汤"，在平时很少像这样闲着的山里人，又在这浓浓的年味的映透下，劝酒声、说笑声使整个山村里充满着温馨和谐的气氛。

一桌丰盛的酒菜加上几杯烈酒，年味就在他们那共叙今年的喜庆中浓起来，笑声也在他们那共话来年的构想中久久地回荡着。

在这年关里，期盼也像年一样渐渐浓了。家里的老人们期盼着儿女们早点回家，小孩子期盼自己的爸妈早点回家，这时的期盼也像阳光一样，照耀着田间地头，点缀着乡间原野，映透着山溪小河，温暖着山里人的心灵和梦境。那在小河边洗衣服的大姑娘和小媳妇，那爽朗的说笑声，那充满欢乐的身影，那从内心荡漾着的憧憬，更是让年关变得格外的温馨，格外的甜美！

她们一边洗衣服洗被子，一边高兴地说着笑，有的自个儿在心里乐着。她问她：“你那在外打工的情哥哥快回来了，你高兴吗？”她一时却羞得脸红了，但也不甘落后地说：“你还不是一样天天在盼啊！”在乡院坝里，老人们总是乐滋滋地说：“我的儿子要回来了，他说还要给我买一瓶茅台酒，我也想尝尝茅台酒到底是啥滋味哟！”说话中透出了欢乐与喜悦，充满着向往与梦想！

## 二

在我的记忆里，母亲似乎不是这样的，尤其是在我小时候，每到过年母亲总是愁眉苦脸的，也时不时听见母亲在反复念叨着那句话：“过年，真是过难呀！”

当时年幼的我，根本听不懂母亲的那句话，不停地问母亲这是什么意思。母亲笑笑说：“没什么，是你外婆在世时常说的那句话。”我便听母亲讲起外婆的事来，在我母亲还很小的时候，外公就被抓了壮丁，一去再也没有回来。家里只有外婆一人照顾我母亲和年幼的舅舅，外婆是一双尖尖小脚，不能下田种地，只能靠给别人缝缝补补挣点钱，母子三人就这样艰难度日。每到过年时，别人家杀猪杀鸡杀鸭，而她家连煮年饭的米都没有，只有三人抱头痛哭。那时，外婆就只有含着泪水反复地说着那句话：“过年，真是过难呀！”

每到过年时，我的母亲就会想起外婆的那句话，虽是触景生情地思念外婆，但当时我家因穷而过年又何尝不是这种状况呢。父母在生产队干活，不能出去打工，又不能做手艺干副业。我们几兄妹年龄又小，不能干活，全靠父母挣点工分养活我们，分的粮食又少。这时，每每看到别家有劳动力干活的，不但分的粮食多，年底还能在队里收到几十或上百元的票子。那些收钱的人家就上街为孩子买衣服，买鸡买鸭等办年货，因我家要补队上的钱，不得不把仅有的一头年猪抬去卖了补给队上。这样，家里就什么也没有了，母亲只好独自一人念叨着那句话：“过年，真是过难呀！”

尽管在这样贫穷的情况下，母亲仍用她那勤劳灵巧的双手，尽量让年过得快快乐乐、有滋有味的，没钱上街去给我们几兄妹买衣服，就把平日里积累下来的一些自编的土白布，买一包蓝膏子回来，在锅里一染，再晒干后，她自个儿给我们几兄妹缝衣服、裤子，还有就是利用好几个晚上，用烂衣服与旧布给我们做鞋子，虽然这些没有街上买的那么好看，但我们在初一这天穿上一身崭新的衣服，心里也非常高兴。尤其是在腊月三十天，我父亲问母亲："这鸡在生蛋，杀不杀？"母亲说："杀，别说在生蛋，就是在生金子也杀，过年嘛，就是要热热闹闹的。"就这样，我母亲在屋里炖鸡，父亲下到冰冷的水田里打鱼，我们在田坎上跑来跑去，待我们把鱼提回家时，母亲已把鸡炖得香香的，母亲说："过年就是要吃鱼，年年有'余'嘛！"

后来，我们几兄妹也渐渐长大了，农村土地承包到户，家里的生活也好起来，每到腊月底，家里总要杀年猪，上街买新衣服，还要办年货，什么凉菜、炖菜、水果、糕点，应有尽有，父亲常说："少办点，多了能吃完么？"母亲说："前几年想办没钱办，现在好了，就该多办点，过年嘛，要有'余'才好呢！"一家人就欢欢喜喜地沉醉在这种祥和美满的气氛中。可母亲又要自言自语地说："过年……不再是过难了！"我问母亲："为什么您总要说'难'呢？"母亲眼睛湿润了，说："能过这样丰厚的年，是我小时候想都不敢想的，要是你外婆还在，她该有多高兴呀！"

如今，我们几兄妹各自在不同的地方上班，每到过年各自因这样或那样的事，也难以一起回家过年，有时弟弟回来了，而妹妹因为路途遥远又不好赶车没回来，有时妹妹回来了，而弟弟又因在厂里值班也没有回来。可母亲每年都把年猪杀起，鸡鸭也杀起，年货办得很丰富，吃的大到猪，小到瓜子，用的大到被子，小到干净的拖鞋……一应俱全，可就是难以全家团团圆圆在一起过个年。每年腊月三十天，母亲总是不停地念叨着："二娃没回来，不知道他在外面吃得怎样？""三闺女今年又没回来，不知道她们买鱼吃没有？"只有我，就在家乡的县城上班，离家不远，我每年都回家，看看父母，感受一下过年一家人团聚的温馨气氛，我总是安慰母亲说："没事的，他们都是大人了，还要您老人家担心么？"母亲说："他们再大也是我的孩子，我能不担心么？"我明白母亲的心情，儿女永远是母亲的牵挂，永远是母亲的思念。

每到这时，他们都不约而同地打电话回来问候父母，母亲总是抢着去接电话，在她接过电话后笑了，她虽已年过花甲，但仍像个孩子似的，笑里含着喜悦。

## 三

过年，让人最高兴的莫过于上街买衣服。

过去，因为山里人经济条件差，一般都是自己缝衣服穿，在快过年时从街上买来布匹，买包蓝膏子在锅里一染，再晾干后就缝成大人或小孩的衣服，虽然没现在买的好看，但在过年时能穿上一身新，也着实让人高兴。现在，山里人的经济条件好了，在过年时几乎人人都上街去买衣服了，因为不管大人小孩，或是老年人的衣服都应有尽有。

人们三三两两相约一起，或者小孩子在大人的带领下，老人在儿子女儿的陪伴中，纷纷去到街上，尽往那花花绿绿的服装摊点旁挤，各种各样的款式，各种各样的花色，让他们看得眼花缭乱。在店铺老板的一席十分好听而吉利的奉承话下，也不管要价多高，只要看上的就买，因为这种氛围就让人高兴，一年到头不就图个高兴吉利么。这时，那上街买新衣服的人们，年味似乎就像他们的笑容一样，从心里飘出，在脸上绽放。

于是，年味就在在外打工或工作的人们那匆匆回家的脚步中，散发出有如故乡那充满着泥土芳香的亲情、友情、故乡情。他们那匆忙归家的脚步，无不牵动着老人的心；他们那日夜兼程的如云般飘浮的身影，无不凝聚着老人孩子守望的目光。年味，他们那甜甜的守望和苦苦的期待里，变得美丽而浓郁起来，有如那四处飘来的熏腊肉的香味一样，让人感到格外的温馨和幸福！

那在院坝里写春联的，在屋檐下挂灯笼的，在门窗上贴年画的，哪一样不透出年的吉庆？逛花街的，燃烟花的，放爆竹的，赶庙会的，哪一种不渲染出年的热闹？这千百年生活积淀而来的，被人们用真诚和善良，用对亲人的思念与对来年的祝福，点缀得更加浓厚，更加丰盛。

## 四

然而，年味不光是在腊月里浓，在过了年后的正月，还更浓。

从初一那天穿上崭新的新衣服出门玩耍时，与从外地赶回来过年的亲人们一同走亲访友时，人们就发自内心地高兴，仿佛觉得那懒懒散散的阳光也是崭新的。正月里的乡村，就像一位贤惠的媳妇，处处都含着笑脸，时时都显出温情，不管是在新修的崭新漂亮的洋房楼院，或是在打扫得干干净净的老屋寒舍，处处都充满着祥和喜庆的气氛，不管认识与不认识的人来到小院里，都像贵客一样受到款待，又是倒茶又是拿糖果，几句话就谈得开开心心，因为正月这种气氛就给人一种特有的亲切。那玩狮舞、耍龙灯的随处可见，仿佛要把正月的乡村闹得红红火火、甜甜蜜蜜的。尤其是从来舍不得闲几天的乡下人，这时也把手中的活儿放下，因为这时大家都闲下心来，如果有谁舍不得活儿，总被人劝道“正月间嘛，总得耍两天吧？”这一劝，让人多少有点儿不自在，便干脆带着小孩看热闹去。

走亲访友的人像赶集一样热闹，大人们往往带着小孩，新婚的丈夫带着妻子，年老的爷爷带着小孙子，从初二就开始走亲戚，晚辈走长辈，女婿走丈母娘，年老的爷爷走舅父，称着“拜年”。这一走让平时很少在一起的亲戚朋友，更多了一些亲近，晚辈给长辈送去问候与祝福，而长辈也要给小孩拿“拜年钱”又称“压岁钱”，小孩这时特别的高兴，也特别的“富有”，大人们看着小孩高兴自己也高兴，这时不管大人小孩的脸上总是挂着笑容，凡相识的人，不管在哪里碰见大人们总要问一声“新年好！”小孩们总要说一句“拜年啦！”这样你来我往，一走正月就差不多过了一半了，可山里人并不忙，因为有“男子走到初七八，女子走到青草发”之说，这大概是男人们因为正月到立春后的雨水节了，适当走几天亲戚就该回家准备播种的农事了。而家里妇女没有多大的事儿，走到哪儿总要亲亲热热拉拉家常，直到走到正月底都没人说，也误不了家里的农活。

当然那是以前的事了，现在大多数农村的年轻人都在外打工，他们一般都在止月十五过了大年后，就得收拾行李又匆匆起程，家里的老父老母只能依依不舍地为儿女们送行，反复叮嘱道：“路上一定要小心，今年正月的天气好，一定是个出门挣钱的好兆头！”小孩拉着父母的手说：“等过年回来给我买更好的衣服，还要买很多好吃的、好玩的，一定记住啊！”一时间，正月的乡村，似乎被这难舍难分的祝福与叮嘱，点缀得格外的温馨和幸福。

正月还有一个重要的意义，一般在正初几就立春了，正有“一年之计在于春”之说，正月就是一年的开始，不管你从事什么职业，不管你将要去何地，这时每个人心中似乎都早已拟定了一个目标，对自己在新一年里的收获充满了希望与憧憬。这时，正月的乡村，就如同初春那崭新而醉人的阳光，让你感受到暖暖的浓浓的春天的气息，让你从头到脚都变成一个全新的自己。

# 故乡的泥土

在我的记忆中，泥土总是飘散着醉人的芳香。

也许是小时候，我家住的是几间土屋，因为墙壁是泥土，不但冬暖夏凉，而且还时时散发出清新、自然、朴素的幽香；每天供我们吃饭的灶台也是用泥土敷成的，泥土做的灶台干了后却跟石头一样坚硬，更像母亲一样，默默地为这个家奉献着，虽然不能让每日三餐都变得丰盛，但也会让所有的日子都充满着温暖；屋前的院坝也是土坝子，每当阳光照在上面，那被踩得光溜溜的，且不知留下了多少岁月痕迹的坝子上，似乎跳动着一幅幅美丽的图案，我们在坝子里蹦跳、唱歌或听爷爷讲故事，睡梦中也散发出泥土的芳香。

住的是土屋，可一辈子都与泥土打交道的庄稼人，他们更是在与泥土较劲儿。春天，他们扛着锄头去到地里，将那青草还没发芽、树仍是光秃秃的田野，挖出春意，挖出梦想；夏天，他们下到水田里，弯着腰细心地栽秧子，似乎只有这种姿势，才离泥土最近；秋天，他们带着深深的期盼和等待，含着微笑去到田野收割稻子，男人们在田里使劲挞，妇女们一边帮着做饭一边在晒坝晒谷子，有说有笑，笑声似乎一浪高过一浪，将山村点缀得格外温馨；冬天，看似闲散的日子，其实不闲，他们把从沟渠里拉来的泥土，用两块门板夹在一起，喊着粗壮有力的打夯号子，把泥土夯实，惜地如金地为来年的耕种做好准备。这时，男人们喊声震天，赤红着脸，赤裸着肌肤，身上的汗水淋漓，似乎沉淀成一条一条泥土的河，用手一搓，跌落大片大片泥土黝黑的光泽。

每年开春，虽然能感受到春天的气息，但到处仍有深冬的迷茫。我便蹬在地上看着父亲挖土，随着父亲的锄头一起一落，沉默了一冬的土地也似乎被唤醒，散发出一种迷人的芳香。也许就在父亲和农人们的辛勤劳作中，一粒粒种子播进了地里，泥土便充满着对收获的期待。不久，便等来了一场春雨，春雨是迷人的，春雨里浸透着种子和梦想的气息。在春雨过后，山青了，草绿了，种子发芽了，那些光秃秃的树上也长出新叶来，房前屋后更是开满红红的桃花、洁白的李花、粉红色的杏花……这时，泥土有如花的幽香那么醉人。

大人们在土地里劳作，而我们小孩在泥土里长大。很小的时候，便跟着小伙伴去到田野里，用泥土做游戏、摔泥碗、捏泥人、打土仗，哪怕在漆黑的夜色里翻过谁家的土墙，又摸索着钻进谁家的土窖，我们一样乐此不疲。有时，我们也下到快干的水田里摸泥鳅，弄得满身是泥，回到家里少不了又要挨父亲条子，但依然我行我素，明天照样在泥土里玩得忘了回家。

在上学后，仍然和泥土亲近，身边是禾苗，脚下是泥土，即使失去了呼吸，我也相信浑身的毛孔一样会沉醉于这馥郁的香气。每天早上踏着小鸟的清脆叫声去上学，似乎聆听到地里的庄稼在生长、在拔节，下午迎着人们劳作时的欢声笑语回家。一路品味着人们劳动的快乐，更是感受着谷物的芳香和泥土的气息。耕耘，播种，收获……在金黄的夕阳余韵里，充满着快乐和温馨。就这样，我在对泥土的似懂非懂中渐渐长大。我只知道，泥土很朴实，像我的父辈们，农历的节气，一轮又一轮地从他们的心头碾过，是泥土让他们的心中充满着期待和梦想。

有人说：“离故土越远，心离家越近，一把故乡的土铺就回家的路。”而在县城工作的我，离乡下的老家不过十多公里路，而往往回家也不过一个多小时，可时常还是想起故乡的泥土，时时陶醉在故乡泥土的芳香里。我每次回乡下的老家，在村口外的公路上下车后，总得沿着那条弯弯曲曲的乡间小路，走上好一阵才能到家。要是晴天还好，如遇上下雨天，那就苦不堪言了，不仅脚上那刚刚擦得发亮的皮鞋全被泥土敷上外，就连裤子上也满是泥。

尽管这样，我还是乐意回家，因为一走在这条乡间小路上，就让我感受到了一股浓浓的乡情。不管是春天还是秋天，也不管是在田野里挖土还是在田野里收割的乡亲们，他们总是走上田埂来，有的伸出满是泥土的手与我一握，那沾满泥的脸上便出现甜甜的笑容，一边抽烟一边与我聊聊天，从今年的播种到打算年底修房子，再到嫁闺女娶媳妇儿的事……我便感受到了一种久违了的泥土般的亲切。

这个时候，应该是村里最热闹的时候，早上起来忙了一阵活儿的山里人，一般在太阳渐渐高起来后就在家休息，而村里就显得静静的，偶尔几声狗叫，似乎才打破了这时的孤独。可在这夕阳西下的下午，经过大半天火辣辣的阳光的烘烤，已从火一般的烘烤中，渐渐的阴凉下来的乡村，也像田里的庄稼一样又来了精神，农人们这时开始下地忙碌，挖土的挖土，浇水的浇水，小孩牵着牛向河边走去，老年人也扛着锄头下到地里转转。

当我回到了乡下老家时，刚从地里割猪草回来的母亲，还没来得及洗去手上的泥土，就忙着给我泡茶，与我拉家常。“今天下雨天，你回来做啥？弄得满身都是泥！”“没事的，我过会儿擦擦就是了。”“哎，今天是周末吧？”“是的，我就是回来看看您和爹，爹呢，还好吧？”“好着呢，他下地去了。”一会儿，从田里干活回来的父亲，像是从泥里钻出来似的，全身都沾满了泥。我说：“爹，今天下雨你还去干活呀！”“就是下了雨才有活干呢，春雨贵如油啊！”“今年春雨来得早，准是一个丰收年啦！我们家那块地种玉米，这块地种蔬菜，那边那块地得种麦子……”父亲乐滋滋地描绘着他心中的播种蓝图。

这时，父亲看着我说："你回来了，外面热，你还是回家去喝茶吧！"我说："我还转转，因为每天来田野转一下才踏实哟！""好，那我就陪你转转吧，也好感受一下乡土的温馨。"父亲高兴地同意了，我便和父亲慢慢地走在田野上，迎着西下的夕阳，挽着微微吹拂的风，欣赏着田野的庄稼和坡上的一片绿。

抬眼望去，到处都是嫩绿的一片，土里的玉米已长到了半人高，那绿得稀稀疏疏的叶子，似乎在掩饰着已背上"娃"的羞涩；那比人还高的高粱，也不甘寂寞，在微风吹奏的动听的音乐中，高兴地跳起了摆手舞……只有田里朴实的禾苗，却吮着雨露，收藏着阳光，默默地长高、长壮、扬花、抽穗，带给农人们对收获的期待，带给乡土一片真诚的回报。

不一会儿，我和父亲就走到那块自己开垦的田边，田里的水稻似乎正在攒足了劲儿地长高。一阵微风吹来，田野掀起此起彼伏的绿色波浪。父亲放下锄头下到田里，去除那几株才长起来的稗子。我站在田埂上，看见父亲的身影在绿色的波浪里，像是一叶小舟，头上的草帽是帆。我仔细地端详稻禾，感觉又陌生又熟悉，因为我也曾种过庄稼，也曾对庄稼有很深的记忆，就像我记忆中的村庄一样，在雨露中生长，在阳光里拔节。

由此，我想起和父亲一起开垦这块田地的时光，那是一段很深刻的记忆。正读高一的我，暑假里父亲每天早早地叫上我一起去开田。首先，父亲和我从远远近近的地方找来一些石头，砌成四边的石坎，然后挖土全部覆盖起来。为了砌坎，我幼嫩的肩膀被抬石头的木杠压得血肉肿痛，活活地压脱了一层皮。石坎砌好，父亲要我擂田坎，直到没有一丝罅隙，才好蓄水。这项工作非常简单，但要做好极难。擂的时候，每一次必须使出吃奶的力气，才能使泥土深深地把石头粘住。最后，田整理出来了，不久就蓄上了水，再种上庄稼，到了秋收时，这块田还真收获了不少的谷子。这块田，似乎就成为我在家乡的最值得骄傲的记忆。

不久，天就黑了下来，我和父亲一起回到家里，吃了晚饭后，我却怎么也睡不着，偷偷地跑去田野里，感受一下乡村的夜色。夜晚的村庄很安静，我伫立在田埂上，想起小时候和伙伴们玩耍的情景。那时我们总是要嬉笑吵闹到深夜，或捉迷藏或打仗，其乐无穷；总要缠着在院坝里乘凉的爷爷，给我讲那百听不厌的童话故事……这时，我看到了月光下的田野和村庄，静得出奇，静得能听到土地和庄稼的呼吸声。

夜渐渐深了，我回到家里睡觉，在一次又一次的辗转反侧中，我终于进入了梦乡，可在梦中却梦到了，与我近二十年没有联系的小时候的玩伴刘二娃，在广东打工挣钱后回家来投资办厂了；也梦见了村里最漂亮，出去打工却嫁给了大她二十多岁的老板的村姑阿云，却离了婚回来了，她的微笑依然像霞光一样映衬出山村的美丽；我还梦见我小时常放的那头死去多年的老牛，又复活了，我还骑在它的背上，正悠闲地走过山村的黄昏………

在我回县城时，母亲赶忙从地里弄些新鲜的菜和还夹带些泥土的马铃薯，让我带去，我说不要，在县城里什么都能买到，母亲十分生气，我便只好带上。于是，我提着那装着蔬菜和马铃薯的大包，在沿着那条弯曲的小路走出去时，心里想：这蔬菜和马铃薯在县城里顶多卖几毛钱一斤，这么大一包只不过能值几元钱。但又一想，父母给我的不仅仅是蔬菜和马铃薯，是父母对儿女的一种博大的爱，是父母对儿女的一片真挚的情。

后来，乡下的老家在新农村建设中，也修通一条连接村口主干道的平坦的水泥公路。从此，我每次回家只要在县城里找辆车，二十多分钟就到乡下的老家了，也不管是晴天还是雨天，干干净净的一身回去，也干干净净的一身回来；也不管父母从地里弄些蔬菜和红苕什么的，我都乐意要了，只要往车上一扔，一路就到了家里。可这时，却听不到乡亲们那充满泥土味的亲切的话语声，更看不到乡亲们那充满泥土味的朴实的笑容，而我更像是一只来去无声的小鸟，在远离了家乡的这片泥土中，梦影一般地游历。

前不久我回老家，虽然天上仍下着小雨，但我却没有找车，像往常一样在村口下车后，又沿着那条弯弯曲曲的乡间小路走去。一路上，正沉浸在年的氛围中的乡亲们，个个见了我都放下手中的活儿与我拉家常，每路过一家他们都硬要拉我进屋去坐坐，与我分享他们富裕后的幸福与欢乐的日子。临走时，他们还大包小包送我一些香肠、土鸡蛋，还有夹带着泥土的马铃薯等“土特产”，我在无法拒绝后只好都收下。

如今好多年过去了，我在县城工作后，常在周末回到乡下老家，仿佛这时的村庄就像母亲一样，给我更多的呵护和关怀，不管事业成功与否，总是笑着、真诚地接纳我，没事时我便去到田野里走走，在美丽的夕阳下，仿佛听到庄稼们在呼吸，在成长；

远远看去有农人在劳作，泥土的香味里似乎还夹着汗水的气息。

后来，我干脆将劳作了一生的父母接到城里来，可一生与泥土为伴的父亲，有空就去郊外提土，不久就给我楼顶垒了一个菜园，说是菜园，其实只是一堆土。父亲还专门回到乡下老家，拿来了一些丝瓜、莴笋、四季豆等种子，父亲细心地种植，母亲常常帮着浇水，不久就长出了嫩嫩的丝瓜、长长的四季豆等小菜，而且在他们精心呵护下，菜园里的菜长得格外的好，不但自己吃，母亲常常拿去让邻居品尝这绿色菜。

从此，父亲再也不嚷着要回乡下了，母亲也不觉得没事做了，是泥土留住了他们，是他们感受到了泥土的亲切，更是让泥土带给我们快乐和温馨。

# 腊月

在我的记忆中，农家小院里最热闹的还算腊月。腊月就是天气最冷的时候，腊月就是街上的服装店生意最兴隆的时候，腊月就是从农家小院里飘出一缕缕熏腊肉的烟雾与香味的时候。

腊月就是最冷的大寒数九天，老人躺在床上不出门，不停地问还有多久立春？而小孩子就不同了，心中最高兴的时候就数腊月了，在腊月里，大人一般情况下不打骂小孩，因为他们心中常想到，要让来年吉利，就得忌嘴，更有“腊月忌尾，正月忌头”之说，所以在腊月里就得有一种好心情，凡事都得忍让和包容。腊月里，不管有钱没钱，家长总得想办法上街去给自家的孩子买上新衣服，好让小孩在正月初一穿上，高高兴兴地迎接新年的到来。这时，也不再心疼钱了，不管卖衣服的摊主要价多高，只要孩子喜欢，都得买下。最让孩子们高兴的事，是在腊月里杀猪时，可以跟着大人们今天在这家吃“刨汤”，明天去那家吃“刨汤”，而自家杀猪时，也请上亲戚朋友，左邻右舍慢慢地坐上几桌，好好热闹一番。

尤其是常年在田野上干活的庄稼人，最盼望的也是腊月的到来，腊月里田里的农活基本上干完了，可以上街去放心喝茶，可以安安心心去走亲访友，十天八天不会被田里的活儿困扰。家里的妇女也最清闲，圈上的肥猪该卖的卖了，年猪也杀了，回娘家去住上一阵子也无牵挂。总之，腊月就是一年来最清闲的日子。在外面打工的山里人，心中最盼望的也是腊月，因为腊月的到来就预示着春节快到了，“五一”“中秋”“国庆”都从未放过假的厂里，只有在春节才放假，放假便可以安安心心地回家过年。每到这时，心中总是在构想着给父母买上点什么礼物，在那一个又一个失眠的夜里，总是感到家的温暖和美好。

一般在平时除了过年过节，或者红白喜事偶尔热闹几天的农家小院，仿佛一下子变得热闹起来了，因为在腊月里家家户户都要杀年猪。杀年猪那天，首先要请上亲朋好友，左邻右舍来吃“刨猪汤”，同时还要请上几个身强力壮的男人前来帮忙。于是，他们不管手里有多重的活儿，大家都愿意前来帮忙。其实，杀年猪也不是什么大事，也要不了这么多人帮忙，可就是希望人多图个热闹。

一大清早，前来帮忙的人就在院坝用砖头砌上一个土灶，一口大铁锅里添上满满一锅水，开始烧水，然后就是杀猪匠的一阵忙活，人们的笑声、孩子们的欢笑、老年人的唠叨声……使小院里充满着节日般的欢乐。

最热闹的还是在一切忙活完了后开席时，大家开心地喝酒、高兴地说话，天南地北地乱侃，开始还能扣上今儿个杀猪的主题，后来就偏离主题了，什么今年的收成、春节的安排、来年的计划，小到周边七荤八素的新闻，大到国家时事等等。这时，有人听得津津有味，有人在大块吃肉，也有人在大口喝酒……主人家也特别高兴，因为在人们的心里，杀年猪就是过节。随后，你杀年猪请我，我杀年猪请你，不光是小院热闹起来，就是整个乡村也得热闹起来。

在腊月里熏腊肉也是一大特色。在年猪杀了后，总要挑选几块不算大的肉，放在缸里用盐泡，在肉泡进盐后，就开始慢慢地熏。他们熏腊肉时特别认真仔细。那时，在每顿煮饭时，把肉挂在灶头上，而那烧柴煮饭时的炊烟，再加上时不时添点生柏树枝一起烧，这样烟雾更大，好熏挂在上面的腊肉。似乎就把这几块腊肉当成宝，每煮一顿饭就从屋里提出来，挂在灶头上慢慢地熏，饭煮好后又提进屋里挂着，生怕自己在外出干活时，不小心被人把腊肉偷走似的。

腊肉一天比一天黄，一天比一天香，但平时似乎从不煮来吃，一般都要放到过年，更要等家里来客时才能煮来吃，而且每次也只能煮一点点，似乎只能让客人尝尝似的。有时家里请个石匠来打个灶修修猪圈什么，或者请个木匠来做个脚盆修修水桶什么的，每天晚上也要煮上一点来款待匠人。

由于乡下的日子渐渐地好起来，每家每年都有年猪过年了，而在杀了年猪后，高高兴兴热热闹闹地请乡亲们吃“刨汤”外，就是忙着灌香肠和熏腊肉。因为是自家杀的年猪，谁也不像原来那样只挂在灶头上熏两块肉了，而是单独在院坝挖上土灶，专门熏上十块八块的，吃腊肉也不再是要来客或者请匠人才能吃，而是想吃奶奶就煮。这样，凡是在腊月里，到处都飘浮着熏腊肉的香味。

我就是这样一个常年漂泊在外的人，平时过什么节都从未回过家，也从未有过想回家的念头，因为工作繁忙和路途遥远。而每年春节都得回家，不管手头有多么重要的事情要办也都得放下。只要一到腊月，心中就有一种高兴劲，想到了父母一定在计算着今天是腊月初几了，离过年还有好多天，一定在将猪尽量喂到月底，即使年猪已经杀了，也要选出一块最瘦的肉熏上，还要灌些香肠，因为从小到大，我最喜欢吃母亲熏的腊肉与香肠了。由此，腊月就让我心驰神往，充满着期待与梦想。

腊月对于一般人来说，是那么的富有情趣，是那么让人心动，办年货、打扫房屋，忙得不可开交。腊月还有一个重要的意义，便是象征着一年的结束，新的一年又将开始。不管在这一年里成功也好失败也好，赚钱也好亏本也罢，管你愿不愿意都得画上一个句号。在这腊月里，老人们又在自语道：“我又高了一寿！”年轻人小孩们又在大声说：“我又长了一岁！”这话听似简单，实则包含一种岁月的无情与人生的无奈。我也在心中感叹道："腊月一过，我又漂泊了一年。"

每到赶集天，因为大家都急着办年货，小镇上就特别的热闹和拥挤，人们根据自家的情况，有买的、有卖的，一把青菜、一筐萝卜、一捆香葱、一把粉条、一筐土豆……寒冷抵不过人们的热情，肩挑背驮的人们敞开了胸怀，有的干脆脱掉棉袄，飕飕的寒风中，他们身上却冒着热气。卖了的又买，买了的再买，还不时相互打着招呼，相互欣赏着自己精挑细选的"佳品"。

在我的记忆中，每到腊月，不管家里再穷，母亲也要想尽办法办些年货，以前似乎买些简单的粉条、海带、水饺、汤圆等，后来生活好了，就要买些香肠、黄花、耳子、花生、糖果……同时，还要专门买些孩子们喜欢吃的米花糖、瓜子等，因为在过年时好让前来玩耍的小孩子吃。当然，这些东西买回来，也不一定要等过年才吃，而是我们可以随便拿来吃，平时再节约的母亲，也不会骂我们，因为这是在腊月。

尤其是母亲煮的腊八粥，更是香喷喷。因为吃腊八粥是乡下的习俗，所以母亲再忙也要煮，记得早年我家穷，母亲只能用豇豆、莲豆、小米弄干磨成粉，做成腊八粥让我们吃。现在母亲煮腊八粥更讲究了，她非常精细地挑出大小豇豆里煮不烂的贼豆、虫咬豆，选配各色大莲豆，还在里边放上花生米、红枣、莲子、核桃仁、葡萄干，以及村里人闻所未闻、叫不上名的干果子，快熟时，倒入纯白糖，搅匀，这样煮成的腊八粥不要说吃，就是看着都香。为此，腊月在我的记忆中，总是这样香喷喷的。

腊月里常常会下雪，洁白洁白的雪漫山遍野，让人想到“瑞雪兆丰年”。可就在这下雪的日子里，我看见院前的蜡梅却傲然绽放，让人想到“梅花香自苦寒来”“梅花欢喜漫天雪”等诗句，对梅花给予了不同角度的赞美。这时，远在故乡的母亲总会打来电话说：“天气冷，要多加点衣服。”母亲的话，就像这冬天里的阳光，让我感到无比的温暖。腊月，就这样因为雪而美丽，因梅花而多彩，因为母亲的牵挂而温馨和幸福。

腊月，就是被农家小院里那熏腊肉的炊烟熏浓的岁月，就是被服装店里那些花花绿绿的衣服点缀的岁月，就是被每一个漂泊者回家过年的匆匆脚步，踏得缠缠绵绵的岁月……

# 回乡记

每次回乡下老家，刚走进村口，我来不及看清楚村庄里发生的翻天覆地的变化，便有一缕古老淳朴的民风微风般的拂面而来，让我一下子陶醉了。

老远看见几个小孩天真地跑来跑去，嬉戏游玩；老人围坐在院落坝里晒太阳，谈笑风生。随后小孩围着我，并用十分陌生的目光打量着我，我寻问前来招呼我的人道："这是谁家的孩子呀？""这是李老三家的，哦，三十好几的人了，前些年出去打工才找上了个外地媳妇，现在儿子都这么大了！"随后，他便一一介绍着："这是张老大的闺女，这是胡老幺的儿子……"我也随着介绍把糖一颗颗地塞给他们，小孩子一个个高兴地吃着糖，笑着跑走了。

随后，我边与乡亲说着话，边往家里赶。一会儿就到了家门口，我家那扇犹如古董般的老木门敞开着，院子里刚刚打扫过，我走进家门，父亲正提着斧子在劈柴，母亲正在厨房里做饭，我惊喜地喊了声："妈！"母亲停下了正往灶膛里送柴火的手，转过身来，慢慢起身，我走了过去，母亲的泪哗啦啦地流了下来，但还是笑着说："儿子，你回来了，妈好高兴的……"母亲话一出口，我的眼泪也流了下来："妈，我前不久才回来看了你，现在又回来嘛！""对，前不久才回来了的，我感觉你好久没回来似的。"我又走过去叫了声："爸，我回来了！"父亲笑了，他龟裂的脸又黑又瘦，我从包里拿出香烟和酒给父亲，父亲摇了摇头指着腰间的汗烟锅说："我还是抽这个吧，那纸烟抽着不过瘾，也瞎浪费！不过，酒还可以，让我也能尝尝'洋酒'的味道，不然老是听王老头说，外面的酒就是比咱村里酿的老白干好喝呢！"

晚上，正好是幺婶杀年猪，她早早地跑来请我们一家去吃"刨猪汤"，当她一进门见我回来了说："哟，你回来正好，今天幺婶杀年猪哟，不知是幺婶的运气好呢，还是你运气好，过会你去帮幺婶按按猪哟！”从她说这话中看得出，杀年猪对幺婶来说，不知有多高兴。待我去到幺婶家时，她的猪已经杀好了，只好帮着端凳子搬桌子，招呼着乡亲们坐，等着开席。不一会，大家便坐了满满的六桌，有说有笑，边喝酒边聊天。隔壁的李大爷端起酒对我说：“你在县城工作了这么多年了，也在城里面买了房子，我李大爷就是喜欢你这种有出息的人。来，我敬你一杯！”我端起酒说：“李大爷，我敬您老才对，干杯！”随后，王大叔、张二哥等都纷纷敬我酒，我都一一喝下，这下我真的喝得有些醉了，却让我醉得高兴，醉得幸福！

第二天，又是从小与我一起玩大的王三搬新房，我又早早地去了，帮着他搬才买来的新式家具，更帮着他招呼客人。老实巴交的王三，前年在镇里办的养殖培训班学习后，现在已在家里办起了养鸡场，成了全镇有名的养殖专业户。今天他搬新家，镇上和村里的领导都纷纷前来祝贺，我为的他的发迹感到高兴。随后，在酒桌上，只要有人敬酒。

也许是高兴，我也喝醉了，随后就歪歪倒倒地回到家里睡觉了。醒来后，我发现母亲一直坐在我的床边，她一看我醒了，心疼地说："你要少喝点，喝多了要伤身体呀！"我说："没事的！"母亲递一杯浓茶给我说："喝点浓茶，能解酒哟！"我接过茶，慢慢地喝了起来，母亲却给我讲起了村里最近发生的事：从小和你玩的那个李四，上月去省城的一个建筑工地上干活，不小心从五楼上摔下来死了；村里的补锅匠，儿子儿媳出去打工后，就他一个人在家，半年前却死在自己家里好几天才被人们发现呢……母亲唏嘘了一声，又准备说。一旁的父亲一个劲翻白眼，不高兴地说："儿子好不容易回来一次，你尽说些啥话嘛！"母亲这时才回过神说："妈真是老糊涂了，是不该说这些话，说些好听的，你大姑家的那个小福子在外面做生意发了，人家娶了个外国媳妇回来，人挺好的，去年来咱家还买了好多东西呢。咱们村上准备要建个农家乐，听说还要请城里的专家来规划呢。瘫痪了多年的七叔前年突然能站起来了，腰板越来越直了……母亲说着这些高兴事越说越激动，我越听也似乎越开心！

随后，我走出家门，看见在那冬日阳光映照下的村庄里，家家户户都在为过年而忙碌着、高兴着、欢乐着。踏着不知是谁家里正播放着《常回家看看》那首歌曲的旋律，我十分惬意地在村子里转悠着，那村落里显得有些古老的小巷和新建的小洋楼，似乎让我感受到了村庄里近几年来发生的翻天覆地的变化；那到处飘浮着歌声和笑声，似乎让我感受到了村里和蔼而温馨的氛围。随后，我认真地算计着那拔地而起的幢幢新式洋楼有多少座，我用心地丈量着新修的便民道有多长，我真实地感悟着欢乐农家的日子有多美……突然，不远处又传来一阵鞭炮声，听说是那个打了半辈子光棍的刘老大，在广东打了好几年工后，终于从外地带回一个年轻漂亮的媳妇回家过年了。

没事我就去村里转转。可正好碰见李三婶赶了集回来，她走上前来十分热情地招呼我说："你们回来啦！"我说："是呀！李三婶，你去赶了集吧，李三叔身体好点了么？"李三婶说："他这瘫痪病怎么得好，整天躺在床上要人侍候呢！""你的儿子儿媳都出去打工了吧？""是的，他们出去好多年了，只有每年过年才回来一次……"就这样，我和李三婶边说边走就到了她家门口，李三婶说什么也要我去她家坐坐。

在我去到她家时，李三婶热情地给我端凳子坐，可她家的凳子上似乎有灰土，我正想坐下，她忙给我擦了擦。随后，李三婶又从屋里用碗倒来茶递给我，我喝了一口，李三婶说：“喝点水，喝了我再给你倒。”听李三婶这么一说，我又喝了两口，李三婶笑了，笑得十分开心。李三婶要留我吃饭，我却婉言谢绝了。临走时，李三婶从屋里拿出半尼龙口袋土豆，还有几根莴笋说：“我们乡下的菜没淋化肥的，我知道你们城里人最喜欢。”我说：“谢谢李三婶，我明天才回去，还是下回再要吧。”李三婶说：“那好，就放在我这儿，你明天回城从这儿经过时，我再给你。”

回到家里，我想去帮母亲做饭，可母亲说什么也不让我帮忙，母亲说：“灶房里黑，你好不容易回次家，好好休息嘛！”母亲说得十分真切，父亲也在一旁说：“就是，你别去，你妈会弄得很好的。”听父母这么一说，我也只好坐下来休息了。母亲做好饭后，端上桌子上来，虽说母亲年纪大了，做的饭却很可口，我吃得很香。

下午，我说什么也要回县城，可父母坚决要留我在家住一晚，我不想让父母伤心，也就爽快地同意在家里住一晚，好好陪陪父母。整个下午，父亲没去干活，陪我着喝茶聊天，母亲也十分开心地将屋里她认为最好的东西拿出来给我吃，真是离家久了便是客呀！

第二天，我准备回县城时，突然八婆跑来请我们去她家吃午饭，说今天是她小孙子的生日。盛情难却，我只好去八婆家吃完午饭再走了。我根据农村的风俗，也送了八婆的小孙子一个红包，令八婆十分高兴。在我要走时，八婆给我包上几包油炸的苏肉，清炖的猪脚，还有一包大片大片的肥肉……我说什么也不要，但八婆硬要给我们装进包里，不然就好像认为我们看不起她似的，没办法我只好收下，八婆这才笑了。

在我们出门时，母亲也装了半麻袋红苕，说："听说城里的红苕也要好几毛钱一斤，今年我这红苕是没淋化肥的，吃了对你们身体有好处的。"我说什么也不要，母亲似乎有些生气了："这可是我和你爸辛辛苦苦种的，拿给你还不要，要是外人我还不给呢。"我马上接过母亲手中的红苕说："好的，我要，那我就带走了哟！"母亲看着我提着红苕，高兴地送我好远好远。

在路过李三婶家门前时，看见李三婶早就在那儿等着，她看见我们来了，高兴地说："我以为你今天上午要回去，我连活儿都没出去做，一直在等你，等到了这半下午了，终于等到你了。好，我帮你送上车吧！"我听后十分感动，却不知说什么好。李三婶坚决要帮我把东西提着送上车，等我们上车把东西放好后，李三婶才转身回去，说她还要去地里弄猪食呢。

我透过车窗，看到李三婶连走带跑的身影，我的眼睛湿润了，仿佛我带走的不仅仅是土豆、红苕和莴笋等几毛钱一斤的菜，而是乡亲们的一片心意，更是一片浓浓的乡情！

# 树的诉说

## 一

记得在我老家的村口也有一棵桂花树，不知是哪时栽的，但看起来那大大的树很有一些历史，听爷爷说这树比老屋还要老，老得就像我记忆中的爷爷一样，发皱的树皮就像爷爷的脸，饱经岁月的沧桑。那逐年枯萎的树枝，就像一个老人放下了一些琐事，显得格外的轻松而悠闲。在春风中，那枯去的枝条上又长出新枝，周而复始，年复一年，这棵树似乎一直这么高大而茂盛。

桂花树在每年开春后都要长出一些新叶，小鸟总是躲在枝叶间，欢飞跳跃唱个不停。尤其是秋天，更是显出桂花树的特色，微风送来阵阵清香，我便跑去老屋后面的桂花树下细细观看，只见树上的枝头簇拥着一串串嫩黄色、金黄色，甚至是橘红色的桂花了，我十分高兴地叫道：“桂花开了，桂花开了！”爷爷也高兴地来到树下，看着开得艳丽的桂花，闻着桂花的芳香，也开心地笑着。

小时候，母亲每次从这条路去赶集，我们几兄妹便在这棵树下等着母亲回来。还嘻嘻哈哈地捉迷藏，围着树笑着、跑着，跑累了便在树下坐着，等着母亲。等来等去，还是不见母亲回来，估计母亲亲手编的竹筐还没卖出去，等着等着就靠在树干上睡着了。待母亲沿着那条弯曲的小路回来后，把我们叫醒，拿出为我们买回的“棒棒糖”给我们，我们便拉着母亲的手，一边吃着甜甜的糖一边往家里走去，那种情景是多么让人难忘。那时，村口的那棵桂花树似乎成了我们心中的依靠，更像母亲一样慈祥，凡母亲有事出去了不在家时，只要来到这棵树下，就像在母亲身边一样快乐无比。

后来，我们几兄妹都已长大成人，都像鸟儿一样四处“飞走”，分别去到不同的城市打工，由于路途较远，他们都很少回家。我住在家乡的县城，什么年节时，母亲唯一期望的是我能回家，每一次家进村时，总看见母亲拄着拐棍在村口的那棵桂花树下，默默地望着那条弯弯曲曲的小路。由于母亲眼睛不好，每次我在很远很远的地方就看见了母亲，可她却看不见我，只有在我走到她身前，她才会看见我，这时的母亲像个孩子似的高兴得不得了，拉着我的手向家里走去。

那年，村里刚修了公路，因为方便我就经常回家，这棵桂花树下总有母亲守望的身影。在这棵树下，小时候的我们守望赶集的母亲时，总能给我们希望与惊喜。可如今我们都在外忙碌奔波，有时一年半年才能回一次家，不知让在这棵树下守望的母亲，每每在守望之余是高兴或是失望？似乎只有树才真正理解母亲此时的心情，只有树上的鸟儿的欢叫声，才能带给母亲无比的欣慰。

这时，村口的那棵桂花树，似乎又成了母亲心中的依靠。她是否像我们小时候一样，在我们外出打工没在家时，只要来到这棵树下，就像我们在她身边一样高兴。我每次回家后，在第二天回城上班时，母亲总要送我到村口的那棵树下，望着那棵高高挺立的桂花树，对我说：“男子汉就要像这树一样，顶天立地，再大的困难也能克服！”母亲的话，我牢牢地记在心里。每次我都叮嘱母亲说：“以后别在这儿等我了，我会经常回来看望您的！”母亲笑了说：“行，你就放心去城里上班吧！”

然而，我每次回家时，都照样地远远地看见母亲站在那棵桂花树下，望着那条公路，望着那从身边来来去去的车辆。我似乎这才知道母亲不光是在过年过节，知道我要回来时才来这儿等的，而是几乎天天都在这儿守望着、期盼着，有时她知道我今天是不会回家的，但她依然在这儿守望着，期盼着，似乎只有守望与期盼才能带给她欢乐与希望。

好多年过去了，爷爷早已去世了，在县城工作的我早已把父母接到了县城生活，老家的房屋因为没人住，慢慢就被日晒雨淋垮了，只剩下一片废墟。父亲时常牵挂着老家那棵曾经给我们带来欢乐的桂花树，它在乡下就像一位老人似的守望着孤独，守望着寂寞，守望着那片废墟，他多不忍心呀！更让父亲担心的是那棵桂花树，会不会枯死呢？有一天，父亲回老家正好碰见一位收购各种珍贵树的商贩，父亲把他领去老家，商贩看了看树后，问道：“你这棵树要多少钱？”父亲说：“随便你拿？”“那就给你 200 元吧。”“好，但我要问问，你这棵买去栽在哪里呀？”商贩笑笑说：“不知你这棵树是哪辈子修来的福，我买去就是把它栽到新修的镇政府大院里，有专人浇水专人管护哟！”父亲一听，从心底里为这棵高兴呢，他说：“那好，我就只要 100 元吧！”小商贩看了看父亲似乎不理解，但他很快就明白了其中的道理。

这棵桂花树果真像商贩说的那样，确实移栽到了新修的镇政府大院里。父亲记得那棵桂花树，也时常牵挂着那棵树，他每次回乡下老家时，在镇上下车后总要去政府大院里看看那棵树。那树被栽在政府大院的一个大花台里，花台的四周是用花瓷砖砌成的，花台里面堆有厚厚的土，那棵桂花树栽在了大花台的中央，四周还栽了各种各样的花草，树在这儿显得特别有精神，也显得特别的高贵。还有专人为它浇水、松土和上肥，父亲看到这里十分高兴也十分放心，他回来后一直都在夸那棵桂花树有出息了。

第二年的秋天，父亲又去镇政府看那棵树，只见那树长得枝繁叶茂，而且在这桂花开放的时节，桂花树显得婀娜多姿，更是雍容华贵。那一串串开在树上的桂花星星点点地挂在茂盛的枝叶间，像千百个小孩子在乐园里打闹，有的躲在墨绿色的叶子下面，有的藏在枝叶的缝隙间，有的仰着身子，有的就干脆在枝头横斜逸出，露出一个个小脑袋儿，还对我眨眨眼睛，真美、真香！

父亲见到这情景，心中更有说不出的喜悦。这棵桂花树就一直点缀着父亲的微笑，也时常引出了我们全家的欢乐话题。这样，又是几年过去了，父亲再去看那棵桂花树，镇政府大院里的桂花树不见了，替代它的却不知是从哪里弄来的一棵大黄桷树。父亲急了，他忙去向前来为树浇水的人打听，才知道这棵桂花树是被移栽到刚修好的县城里的休闲娱乐广场上了。

父亲连夜赶到县城，急忙跑去新修的休闲娱乐广场，果然就在广场上看到了那棵桂花树，这儿的花台更大，整个大花台边似乎是用花岗石砌成的，在夜幕中，在五光十色的路灯的照耀下，远远看去还闪闪发光，给人一种高贵华丽的感觉。可栽在里面的那棵桂花树，却显得没精打采的，树干上还挂着给桂花树输水的瓶子，看得出来管护的人也非常的细心。父亲想：这棵树也许是才栽上，可能过段时间树就会成活的。可一天一天过去了，这棵树依然不见成活的样子，相反地还在一天天枯萎。后来真如父亲所料，桂花树叶落枝枯快死了，正在父亲看着这棵树急得直掉泪时，只见那棵快死的桂花树被人挖出来，装在车上准备运走。父亲问道：“请问你们将这棵树运到哪儿去，又卖到哪儿去栽呀？”一位工作人员说：“这棵树都快死了，还能卖出去么，只能运去扔掉让老百姓拿去当柴烧了！”最后，父亲出钱买下这棵树，请车运回了老家，还请人将树仍栽到老屋后面原来种树的地方。

冬去春来，这棵快死的桂花树却奇迹般地活了下来，而且那干枯的树干上还长出了新芽。又是好多年过去了，那棵桂花树依然长得枝繁叶茂，郁郁葱葱。每年秋天，那树的枝头又簇拥着一串串嫩黄色、金黄色，美丽而迷人的桂花，那沁人心脾的桂花芳香，在山乡里飘溢，点缀着山里人欢乐的笑声，映透着山里人收获的欢愉……

## 二

尤其是我在远离家乡去外地打工时，我更喜欢桂花树，因为桂花树让我感到亲切。在从我的租赁房到厂里的那段路上，就有一棵仿佛跟故乡院内一样大的桂花树。

刚来的那阵子，我在沿街离厂较近的地方去租房子，可怎么也找不到。于是，我便沿着公路一路问去，直到走到小镇的边缘处，才终于租到一间小屋。这样，这段路就成了我每天必经之路。来来去去，从陌生到熟悉，这段路上的风物，早已映现于脑际。

这段路上的车辆特别多，那接二连三的汽车，像一幅流动的画面，远处的田野与近处的楼房形成一静一动的意象。我独自走在公路上，总去想象着厂里与家里的事情，为生计思虑。常常被汽车那刺耳的喇叭声，把我从沉思中惊醒。猛然间，我习惯性地抬起头去看看路边的桂花树，那沉思的神情依然神态自若，若无其事地沐浴在暖暖的春光中，似在含笑又是在轻吟一首关于春天的诗句。有时，我发现树就是悬挂在路边的日历。春秋的交替，季节的变换，只有从桂花树下路过时才看见那刚长出的新芽一天又一天地变得嫩绿，长成了能挡荫遮阳的大绿伞时，才知道已到了炎热的夏天。

去年的夏天跟今年的夏天没有两样，待那绿叶变黄变枯后，随风飘落，才知又是一个秋天了，这是一个充满收获充满希望的秋天，似乎闻到了故乡山菊花的芳香，和田野飘来的阵阵稻香。

当那棵树变得光秃秃的，像一个男子汉般裸露筋骨时，我想，冬天又来临了。在这冬天母亲又会寄来包裹与嘱咐：“天冷了，要注意加衣。”我会用它去温暖整整一个冬季。转眼间，又是春暖花开，树上又长出了新芽，却孕育着我的希望和梦想。

可冬去春来，那棵桂花树上的桂花早已谢了，但叶子仍然是绿的。有一天，我看见几个人在用刀砍下树的枝干，还有人站在旁边指挥，这根该砍，那根该砍，还说只要那些伸到旁边房子上的枝干都砍掉，仿佛树的自由伸展，就是一种过错，就遭来房主人对它的怨恨。上面的人就挥刀砍一通，一个时辰下来，树就只剩下些残枝和大半截树干了，我心中不解，为什么这棵树也要惨遭如此厄运？似乎看到那棵伤痕累累的树，在冬天里那双愤怒与无奈的眼睛，还似乎听见了树在轻轻地呻吟……我站在门前，只无言地对视着那棵树。

又在来年开春后，那棵树又对生命充满着无比的信心，像什么也没有发生一样，在被砍掉的枝干处长出了几许小枝条，枝条上长出了无数新叶，一天一天地，那棵树又显现了蓬勃生机，鸟儿又飞来树上叽叽喳喳地叫个不停，仿佛小鸟也喜欢上它的那种顽强的精神。

后来，我通过写作改变了命运，又回到了家乡县城工作。多年来，我在城里像一根稻草一样居无定所，多么期盼在城里能有一套属于自己的房子。前几年，我终于梦想成真，有了一套属于自己的房子。在那幢幢水泥和钢筋铸就的小区里，有一棵桂花树跟新栽的许多树和花草一样，来到了这个新建的小区，给这里增添了一丝情韵和绿意，更成为小区里的一道风景。

没有人去追问这棵桂花树是从哪里搬来的，也没有人知道它以前经历过些什么？说不准它也跟我一样，出生在乡下，生长在乡间，沐浴过乡下淳朴的乡风，感受过耕种收获的欢愉，最后却不经意就来到了城市，在城市里像我一样居无定所地漂泊过，最后终于来到了这里。这棵树有着极强的生命力，与它同时移栽过来的树中，有的因不适应这里的环境而枯死，有的即使活下来也懒洋洋地生长。而这棵树，却很快成活了，而且长得很茂盛。

去年开春，这棵桂花树跟其他树木一样，那光秃秃的枝丫间，悄悄地冒出嫩芽，不久就长满了一树新叶，整棵树也变得绿绿的，给小区里增添了一道春天的美景。于是，小区里的人们纷纷来到那棵树下，在椅子上坐坐，在小区里走，或说或笑，心里十分舒畅；一些老人在树下的石桌上下棋聊天，其乐融融；小孩们在树下玩耍，你追我跑、蹦蹦跳跳，快乐无比。

因为我家住在二楼，我的窗口恰恰对着那棵树，对那树更是情有独钟。每天早上起来，推开窗子，第一眼就看见那棵树，树叶似乎在风中摆动，一滴滴露珠从叶尖上滴落，鸟儿在树上飞来跳去，不时唱着好听的歌；高兴时，我站在窗口看看树，树就像一个知己懂我似的向我微笑；疲倦时，我也抬头去看看窗外的树，树那轻松的样子、淡然的姿势，让我羡慕，我便放下手中忙不完的事，去到小区外走走，一切都会变得轻松快乐。

那桂花树就像没被搬动、没被移栽过一样，整天生活得自由自在。那被截过的枝干上却长出新的枝条，那看似被修整过的树，又长出它自己的形状，在绿叶的点缀下，树显得特别的茂盛、高大、粗壮、蓊郁，树冠张开，如巨大的伞，凡覆盖之处，都变成了一片绿荫，给人一片清凉。阳光从树丫间穿过，落在地上却变成了一幅美丽的图画，细碎、精美、大气。树上的每一枚叶，都似乎是一只调皮的眼，一颗流溢着绿光的星。

## 三

有一天，乡下的父亲来到城里，当他走近小区时，第一眼就认出了这棵桂花树，就是我们乡下村口的那棵，因为这棵树伴着他日出而作日落而息，伴随他春种秋收，也与他一样经历过岁月的风风雨雨，知晓他心中喜怒哀乐。我问父亲真的是我们村口那棵树么？父亲肯定地回答说，没错，就是那棵桂花树，因为我一看见它，就感到特别亲切。最后，父亲告诉我，因为前几年村里修建农民新村，开发商选好了那一片地，那棵桂花树就在那片地的中间，先前大家说好的，在修建时要保留那棵树，可在具体施工时，那棵树就被人悄悄地挖走了，后来就不知去向。

一直是上午来下午就忙着回去的父亲，这次却破例在我家住了几天。每天他都去到楼下的那棵桂花树下，坐坐、走走、看看，仿佛在这陌生的城市里，他见到了一位久别的老朋友一样，总有一些说不完的话，总有一些难以言表的欢愉。临走时，他还在这棵树下站立了好一阵，真有点难舍难分。我真不知道，父亲对这棵树为什么有如此深的感情，也许是在乡下那孤独艰苦的日子里，只这棵树最懂他心中的甜和苦，也只有他最懂树的欢与乐，这棵树就是他精神的支撑。

在知道这棵桂花树的来历后，我对这棵树更充满了感情。我每天上下班都经过它，它就像是一位朋友或亲人，总是慈祥地目送着我出门，用亲切的微笑迎接我回家。在这座城市里，似乎因为它而让我有了家的感觉。尽管这棵树是生活在城市，但它对城市里的花红酒绿、物欲横流，却丝毫不动心。有时一辆豪车开进来，有意展示般地停在它身边，不知迎来小区里多少人羡慕的目光，树却只一笑了之；有时一个大老板喝了酒坐在这里，口中不停地大声说着他挣了多少钱，就是小区里所有的人都听见了，树也像没听见一样，依然快乐地生活在属于它自己的世界中。

在与城里移栽来的其他高贵的树相比，这棵桂花树也太普通了。正因它普通，不为名利所累，不为别人赋予它更多的意义而困惑，所以它生活得有滋有味。它虽然离开了故土，来到这个喧嚣的城市，但它仍静静地长生，仍实实在在地生活，没有变成供人欣赏的花，更没有变成随风倒的草，树完全靠它自己。根在地下蔓延，无所拘囿，枝在空中伸展，毫无顾忌。从容、淡然，以它自己的方式生长着，真实而深刻，粗犷而大气。

每到早上或晚上，人们纷纷来到那棵树下，坐坐、走走、说说、笑笑，也有一群老年人在那跳健身舞，在动听的音乐声中，树似乎也在微风中舞动着；在周末，一群孩子拿着书来到树下，清晨的小区里读书声特别的嘹亮。在暖暖的阳光下，一对对情侣也来到那棵树下，开心地聊天漫步。而我，更是与这棵树结下了不解之缘，因为有了这棵树，我的生活充满了梦想和阳光。

# 春天的气息

当人们还停留在丝丝寒意中，春天就悄悄地来了。在那不经意间，春天就像一个顽皮的小家伙，从日历表上欢快地“蹦”了出来，让人们的眼前一亮，心底里一下子就变得热乎乎的，脸颊顿时变得红红的，梦境中充满着无尽的向往，眉宇间流露出无限的喜悦之情，高兴地说一声：“啊，又是春天了！”

北宋诗人秦观在《春日》诗中写道：“一夕轻雷落万丝，霁光浮瓦碧参差。有情芍药含春泪，无力蔷薇卧晓枝。”于是，初春便被一场细细的小雨，浸润得有滋有味，描绘得有色有声。瞧，那雨后的庭院，在晨雾薄笼中，也充满着春的灵气；那静卧的蔷薇，在白雾清露中，也满含春的柔情，变得娇艳妩媚。春天，就这样存放在人们的心底里，萌芽在人们的想象中。人们在相互的问候中，每一句话里都充满着春天的气息，每一个微笑中，都绽放着春天的美丽。那院前光秃秃的树梢上，嫩嫩的新芽似乎正在一个劲地往上冒；那解冻的河面上，似乎又飘荡出淳朴而浑厚的歌声；那一条条弯曲的小道上，又开始晃动着奔忙的身影……

那沉睡了一冬的水田里，农人打着牛走过，一行行散发着泥土味的诗句，就从初春那美好的意境里，飘了出来；那弯曲缠绵的乡间小道上，恋人相依相偎，踏青的脚步，在初春那浓浓的气息里，构成浪漫的风景；村口那一条清澈透明的小河边，女人们用爽朗的笑声，将初春描绘得淋漓尽致……那小桥流水旁，那古道芳草边，那宽阔平坦的公路上，那高楼林立的闹市里，都无不留下初春的问候语，留下初春的脚步声……

一个周末，我拒绝了朋友的相邀去周边某风景区游玩，却回到乡下老家去。吃了早饭，我准备去山坡上走走，正想下地干活的父亲却说："坡上的路不好走，还是我陪你去转转吧。"于是，在这暖暖的春阳下，我和父亲沿着老家院前的小路，慢慢地走去那片田野，虽然路边杂草丛生，但那条曾留下祖辈们耕种收获的足迹和撒下我童年欢乐时光的小路，仍是那么的熟悉，透过草丛仍看见小路弯弯曲曲的一直向山顶延伸。父亲说：“这条小路没人走了，几乎荒得没路了。”我说：“那坡上的果园呢，还有人承包么？”“没有，荒了多年了，因为现在山里人大多出去打工了哟。”

随着父亲的一声长长的叹息，我似乎明白了他对这片土和这坡上的果园那深厚的感情。我们继续往前走，一步一步地在杂草丛生的路上走着。夹着草香和花香的风，在我惊喜的脸上不停地晃来晃去，也让父亲那被风霜吹打得皱巴巴的脸上出现了少有的笑容。记得小时候，春天我几乎天天都在“踏青”，早上牵着牛向山坡上走去，青草总是散发出迷人的气息，小鸟在树上翻飞，露珠从树叶尖上滴落的声音特别清脆。牛似乎不懂得感受这春天的气息，而只顾一个劲地啃着青青的草，我便与一同放牛的小伙伴在山间奔跑、游玩、打闹……仿佛这山上的树任凭我们攀爬，这山上的石头成了我们的玩具，这山上的花和草时时编织着我们的梦境。

一会儿我们就走到了山坡上，山坡上大片大片的草坪不见了，多年前就变成了果园，这片果园曾经给村里带来了很好的经济效益，后来承包给了一户村民，现在那村民也举家外出打工了，就再没人承包和管理了。那大片大片快老去的橘树被杂草淹没，春天的气息也深深地感染着这些树和草，光秃秃的树上也长出了新叶，青青的草也让这里变得生机盎然。父亲坐在果园旁边，看着果园里的树，叹息不已地说："哎，多好的一片果园呀，如今却荒成这样了，多可惜哟！"我也坐下，不是跟着父亲去感叹，却悠然自得地看着远处，轻松自然地欣赏着春天的美。这时的春天，在人们那下地时匆忙的脚步中，在人们那播种时满含希望的笑容里，在人们那出门时充满梦想的目光中，变得羞怯又腼腆，变得抽象又具体，变得含蓄又深沉，变得清新又缠绵。老人坐在宽宽的院坝里，在那暖暖的太阳光下，晾晒着一冬来的微笑；年轻人却下到地里，去播撒希望与梦境；正在青春萌动的少男少女，却跑去小河边或者山野上，追寻阳光般如醉如痴的梦幻！爽朗的笑声，欢快的歌声，总在山上山下，田块土里回荡着，似乎是在奏响一首春天的交响乐。那缭绕山间的白雾，也笑成了一片金灿灿的阳光；那绕小山村流过的小溪，也改往日的沉默，而唱起了"泉水叮咚，泉水叮咚响……”的歌儿；那一片沉寂了一冬的原野，也在农人锄头的挥舞中，吟诵着比诗还美，比诗还深刻的“春种一粒粟，秋收万颗籽”的农谚；那躲在林间的小鸟，也在用另一种更加形象更加含蓄的语言，吟咏着“春眠不觉晓，处处闻啼鸟”或者“春水初生乳燕飞，黄蜂小尾扑花归”的诗句。

或许是昨夜那一场春雨的浸润，或许是今天那灿烂阳光的照耀，到处都是开得绚丽多彩的花朵，红红的樱花、鲜艳的桃花、雪白的李花、金黄的油菜花……到都处飘溢着醉人的馨香。一缕缕花香飘溢，让我为之一振，仿佛远离了喧嚣，找到一片静寂而美丽的心灵栖息地，尽情地陶醉在这三月的美景中。

记得小时候，在春暖花开的阳春三月，我常与小伙伴一起，在那开得十分美丽的花丛中奔跑、打闹，在村前的那片油菜花里游玩、捉迷藏，顽皮的我却掐一把黄黄的油菜花瓣，洒在了一个女孩头上和身上，我想她一定要生气的，可她却反而高兴地笑了起来说：“好香，好香的三月哟！”从此，我似乎就记住了她这句话。仿佛我关于她的每一个梦境都有着花的美丽，我每一次在梦里对她的追逐都飘着花的幽香。

尤其是那一大片田里的油菜花，开得金灿烂的，远远看去金黄金黄的一片，在绿色的田块间像一幅黄绿相映，绿水相依的山水画。仿佛天空、房屋、沟渠、树林、山坡、公路都染上了一层金黄色，就连那行色匆匆的人，脸庞也是金黄色的。不远处，一群男孩女孩在油菜花地里玩耍、打闹、追逐，似乎打破了我有点凝固的思绪，猛一转身，一股浓浓的油菜花香，醉了我记忆中那天真烂漫的童年。

我闲坐了一会，眼睛被眼前的鲜花映透着，心灵被这春天的美景点缀着。我站起身，十分惬意地伸了个懒腰，准备离去时，突然又从不远处飘来一股淡淡的、清新的、还夹着汗水味的芳香，我抬眼望去，一个农人正赶着耕牛朝田野奔去，伴着吆喝声、欢乐声，粗犷地踏着春的节奏，一铧一铧地犁过沉睡了一冬的田野，田块苏醒了，一缕缕充满着泥土味的芳香，在田野里飘散开去，似乎比花香还要香，比花香还要醉人。

在春天里，除了花香，我更喜欢青草那淡淡的香味。虽然青草没有松的挺拔和高傲，没有鲜花的艳丽和芬芳，更没有人在意它的存在，而它却以一种低姿态的方式生存，从来不和任何身边的花朵争宠，不嫌弃土地的贫瘠，也不管是在高山上或悬崖下，在田野里或庄稼苗的夹缝中，甚至在大地上的每一个角落里，它都在默默地生长。正如辛弃疾在《清平乐·村居》的词中写道："茅檐低小，溪上青青草。"

在众多植物中，也许青草离泥土最近，最能感受到土地的肥沃。因此，它的血液里流淌着大地的质朴，它的身体里浸透着山里人勤劳的性格，它身上飘浮着庄稼和青菜的馨香。虽然，它的这种朴实得似乎被人遗忘的香味，没有雍容华贵的牡丹那般醉人，没有亭亭玉立的荷花那么淡雅，没有素雅纯洁的兰花那么芬芳，也没有火红娇艳的玫瑰那么浓烈……但它那淡淡的清香，却充满着乡村的气息。

青草的芳香最让牛陶醉，是青青的草养育着一头头像山里人一样能支撑起负重生活的牛，在牛走过的地方总会长出一些青青的草来，在有青草生长的地方也会长出一些庄稼和粮食，就是这些庄稼和粮食喂养着山里人的欢歌和笑语……朴素得跟牛一样忠实于土地的青草，坚强得跟山里人一样一切困难压不倒的青草，不管是在冰雪覆盖中，或是在霜风吹打里，它总是以惊人的生命力，默默地坚守着自己的信念，在来年的春天又焕发出蓬勃生机。

青草就这样默默无闻地以它那独特的方式，不管是在田边土坎或是在山坡空地，它不像花那样尽情地展示自己，而是用一冬储存的力量，一冬积蓄的希望，让自己在这美丽的春天长出青青的梦境般的嫩叶。每一片叶子都浸透着乐观向上的精神，每一片新叶都是一个崭新的开始，每一片叶子都是一个生命的奇迹。正如白居易的《赋得古原草送别》中写的那样："离离原上草，一岁一枯荣，野火烧不尽，春风吹又生。"它从不向人们炫耀，只默默地为大地吐绿，为春天添彩！

好一派迷人的春天景象啊。远处高高耸立的群山，连绵起伏，青松屹立，巨石微露，绿缎铺盖。山间翠竹清秀挺拔，围山而立，生生不息。这种境界仿佛让我回到了充满梦想的读书时光，那时放学后就上坡割牛草，每到这坡上总是喜欢坐在这里，远远地望去，想象着一个偷偷走进心里的姑娘，这时的春天简直就是诗，那山间飘浮的不是雾而是梦。父亲说："现在村里大多都外出打工，打工当然能挣钱，但在家承包果园也能挣钱呀。"父亲指着山那边说："你看，从小和你一起长大的大狗，在外打工几年后，回家承包了那一片土地，也搞起了农家乐，人家不也照样发财么？”

这时，我赶忙向那边的山下望去。一层层梯田一层层绿，清风徐来，青青的麦苗，油绿发亮，碧绿的海洋微波荡漾。万绿丛中，盛开着一片金黄金黄的油菜花，鹅黄色的小花，沐浴在春天的阳光里，一簇簇，一片片，金灿灿的，如同绿毯之上铺上一层天然的金粉末儿。我问父亲：“那油菜花地，是他承包的吧？”父亲说：“就是，他就是利用这一片油菜花地，来招揽生意，每到春天油菜花开了后，来这儿玩的人很多，他的农家乐生意就火起来，你说他这不是在挣钱么？”

随后，我们又沿着山路去到他的农家乐，只见来这儿玩的人很多，还有的在这儿吃住呢。我走进他这幢崭新的小洋楼，一位姑娘问我是吃还是住，我说我是来找大狗的，她笑了说：“你找我们老板呀，他去县城办事了。”原来，这是他在村里请的服务员，我便走出了他的小院，去到了他院前的油菜田边，小心地钻进油菜花丛中，尽情地感受一下留在记忆里的小时候的欢乐和开心，再弯下腰来凑近花朵连吸几口，花粉轻沾，香气扑鼻。

我对父亲说：“大狗好像没读多少书，那年他初中毕业后，因家庭困难就辍学去深圳打工了，如今却回乡发展，这条路他走对了，也是为今天的打工仔树立了榜样。”父亲说：“是的，凡提起大狗，不知有多少人夸奖他，也有很多人效仿他，本村的李四娃也回家来承包鱼塘养鱼；邻村的田菊花，也回家正在修养鸡场，准备养鸡了哟！”

听父亲这么一说，我感到又惊又喜，惊的是普普通通的打工仔回乡创业的故事，不是只能从电视和报纸上看到，喜的是这些活生生的事实，就在眼前而且就在我的老家。在这暖暖的阳光下，我和父亲沿着美丽的田野走去，那蜿蜒的小河环绕山村而过，撒下一路潺潺的流水声，如一首欢快的山歌点缀着山村。阵阵春风吹来，柳树的绿裙在春风的吹拂下迈动着舞步，精灵般的翠叶娇滴滴，如同一群少女们对镜梳理着柔美的秀发，这一切又让我回想起童年的憧憬和梦境。

此时，我似乎真正地感受到了一股浓浓的春天的气息。

# 第二辑　村庄

这条河，仿佛成了村庄梦想的延伸。生活在这里的祖祖辈辈，对着河水一时喜一时忧，一时高兴一时愁。有时看着长势良好的庄稼，听着河水动听的声音甜甜地睡去，醒来后仿佛觉得这梦就像真的；有时刚刚有亲人过世，带着河水的安慰忧伤地睡去，醒来后似乎觉得那去世的人，音容仍在，笑貌依旧……

# 背篼背出的日子

## 一

在山里，背篼是每户人家的必备品，生了孩子用背篼背，赶集时买卖东西也用背篼背，或砍柴割草也用背篼背……用背篼背出的日子，真是有滋有味。

背篓说不上精美细致，大多是山里人用山中的竹子自己编的。有大有小，形状也有差异，都是根据自己的体力和背篼的用途而定，赶集买卖东西用的背篼编得精细而且好看，砍柴割草用的背篼编得粗糙而且结实。每次出门总是要背上背篼，当背起空背篼会感觉十分惬意，因为背篼里没有重量，鼻子还能闻到淡淡的香味，那是竹子特有的淡雅清香，此时便是一种享受。一旦背篼里装满了东西，然后背着翻山越岭，汗水挥洒，这便有些辛苦了。

凡孩子出生后，便去找一个篾匠编一个“娃娃背篼”，而找篾匠也有讲究，先要看这个篾匠的手艺，做工是否精细，因为小孩皮肤嫩，如果不精细就会被划伤手什么的；编起的背篼更要好看，因为背篼好看才能映衬出孩子的可爱。其次是要看人，看那篾匠是否正直，而且最好要儿孙满堂，用这样的篾匠编的背篼去背自己的孩子，也是图个吉利，将来孩子长大后会正直有出息。有了这个“娃娃背篼”，孩子就有了一个母亲背上的摇篮。不管母亲去走亲戚或上街赶集，她们都背着孩子。当了妈妈的山里女人，既要照顾孩子又要到田间耕作，她们的背篼里便装下了孩儿摇晃的记忆。

记得我出生时，母亲是请村里王篾匠编的背篼，不但精美还结实，背了我后还背大了我弟弟和妹妹。我们几兄妹就在母亲背上的背篼里快乐地长大。那个小小的背篼装满了我儿时的欢乐和温馨。肩负生活重荷的母亲跟山里其他女人一样，即使在田边地角劳作，在为一日三餐的忙碌中，嘴角边仍然带着甜丝丝的笑意。

在孩子稍大点能走路时，母亲背上的“娃娃背篼”变成了“草背篼”，她手里牵着刚会走路的孩子，背上的背篼里装满了喂牛的青草或煮饭用的干柴；有时赶集时，她也手牵着孩子，背上的背篼里装满油盐酱醋茶等生活必需品。有时也牵着孩子走在回娘家的路上，走路的姿势慢悠悠的，但心里却充满着幸福和快乐。

在我记忆中，我是母亲用背篼背大的，我对背篼有了感情。从我八岁起就没离开过背篼，早上总是被母亲早早地叫醒，背着背篼去山坡上割牛草。在山坡上割草也是一件十分快乐的事，走在弯弯的山路上，与小伙伴们一路欢歌，一路说笑地向山坡上走去。到了山坡上，大家便在坡坡凹凹、沟沟壑壑里，挥舞着手里那把弯弯的镰刀，割着牛最爱吃的青草。不但早上割，就是在下午放了学后，也得背着背篼去到山坡上割牛草。那时，偏西的太阳照射在我们身上，我们使劲地割，大家在暗中较劲看谁先割满。如果谁先割满，也会帮没割满的割，在大家都割满了后，我们就背着满满的一背篼草，十分高兴地唱着歌儿，朝着自家的方向走去。

顽皮的我们，为了早点割满草，有时也趁没人去到邻队的山林里偷割草，那时山林里每天都有人看护着，山林里的草长得嫩嫩的绿绿的，不一会儿就能割满满一背篼。然后，我们就背着草大摇大摆地走出来，在山坡上开心地玩，尽情地享受这一次“胜利”的喜悦。可没想到护林员发现山林里的草被人偷割了，就跑来山坡上一看，一眼发现我们背篼的草就是他山林里的，因为他天天在山林转，哪个地方的草长的啥样子，他一眼就能认出来。于是，他十分气愤地把背篼和草背到他的队上去，我们看见背篼被背走了，不是心疼那一背篼草而是心疼我们的背篼，好话说了几背篼他都不同意把背篼给我们，只好跟着去到他们的队里，匆匆赶来的队长也没得商量，只一句话说：“回去叫大人来拿背篼。”

这下背篼丢了，我不敢回家，像一个农民丢了锄头，更像放牛时丢了牛一样。在实在没办法的情况下，也只能将这事告诉父亲，父亲生气得连话都说不出来，好像我们丢的不是背篼，而是丢了金子银子，更像是丢了他做人的准则和尊严。他就拿竹片狠狠打我，打了后父亲还是硬着头皮去到那里，说了好多好话也陪了好多不是，才终于拿回了背篼。父亲拿回背篼后，比当时我丢了背篼还要难受，他生气骂道：“不争气的东西，我面子都被你丢尽了。如果仅仅是为了要回个背篼，打死我也不去拿，更不会给人家说这么多好话。竹子是山上的，我花半天工夫就能编一个，可这是你做错了事，说什么也得给人家赔个礼道个歉吧。”从此，我再也不敢去偷割山林里的草了，而是实实在在地在山坡上割。

当然，我家那头大水牛，光靠我割那点草是喂不饱的，这样在生产队忙农活挣工分的母亲，不管是火辣辣的夏天，还是寒冷的冬天，她都利用劳动的间歇去到田边土坎上割草，在别人聊天说笑的一阵功夫，母亲已经割了满满的一背草了。所以干活时的母亲也总是背着背篼，长年累月，从未间断，因为这好不容易从队上要来养的一头牛，在按工分分粮的岁月里，不知为我们家挣来多少口粮，才让我们家度过了那些艰难的日子。

## 二

每逢“三六九”的赶集天，山里人大多背着背篼去赶集，有的背着稻谷麦子，有的背着丝瓜南瓜，有的背着鸡鸭鹅，从四面八方向乡场上涌来。于是，窄窄的乡场上背着背篼的人你挤我，我撞你，将本来就不大的乡场挤得满满的。他们将农产品在街上卖了后，还不能背着空背篼轻松回家，又得去买满满的一背篼“油盐酱醋茶”之类的商品，来来去去，他们的背篼里都是装得满满的。

每个赶集天，母亲就换上平时不舍得穿的衣服，背上背篓去赶集了。对我来说，母亲赶集是件好事，也是件幸福的事，因为每逢母亲赶集回来，背篼里就装了很多好吃的。等待母亲归来的过程是最难熬的，放学回来的我，看到母亲还没回来，就带着弟弟妹妹跑到村口那棵老槐树下等她，村口是母亲赶集归来的必经之路。我们先前高兴地在树下玩，玩累了就坐在树下等，眼睛总是盯着村口那条路，望眼欲穿地等待母亲的身影早些出现在我们的视线里，有时一等就是几个小时。终于，母亲迈着匆忙的脚步来了，当时我们那种兴奋感无法言喻，箭似的飞奔过去，不理会母亲惊诧的眼神和担心的责问，便拽着母亲问这问那，比如：街上有什么好吃好玩的？有小人书吗？有漂亮的花裙子吗……边问边往母亲的背篼里面一阵乱翻，看到油炸糕、水果糖、鸡蛋糕等好吃的就先品尝了起来。

在山里，背篼不光是母亲的专用，也是我父亲用它将我们全家人的日子拉扯得有滋有味。从夏到秋，父亲的背篼总是满满的，因为家乡地处山坡，挑着无法上去，父亲每次去山坡上干活也用背篼背，出门时他的背篼里总是背些圈粪、化肥、种子等，回家时他的背篼里却背着满满的苞谷、南瓜、洋芋等，在父亲的背篼里总是装着他的微笑，装着我们全家人的生活。

在别人家都修了房子时，父亲看着我家那几间小土屋，他也心动了。由于当时家里很穷，一时也拿不出更多钱来买砖，更请不起驮马来驮，他就暗自做着准备，有点钱就去买少量的砖瓦，有空就用背篼背回家，由于修房子要用沙土，他也抽空去山顶上挖沙，然后用背篼将他打得细细的沙背回家，日积月累，父亲就用背篼背出了我们家在当时看起来还修得比较漂亮的几间砖瓦房。

尤其是父亲在生产队当护林员那几年，父亲的背篼装着大山的宝藏一样。每天父亲利用护林的机会，背着背篼上山，去挖药材、采薇菜、摘野果、采木耳、蘑菇……大山的奇珍异宝都在这背篼里沉淀。五味子、木耳、松籽……父亲的背篼已不能用数量和重量来计算，背篼载着他生活的全部，背着他生活的向往。先前还没有人发现，后来队长听见群众反映后，说父亲利用护林之便，中饱私囊。在队会上队长狠狠批评了我父亲，从此父亲上山再也不敢背背篼了。不准背背篼上山的日子，是父亲最难熬的日子，他整天像变了一个人似的，没精打采，沉默寡言，像失去了什么一样，坐地山坡上就打瞌睡，这样的日子他再也熬不下了去。不久，他就辞去了护林员的活儿，去队里干活。

## 三

在山里家家户户都离不开背篼，在那年月，没有背篼还真难吃上饱饭，更难度过艰难的日子。如果家里没有几个像样的背篼，很容易遭人笑话，甚至被视为贫穷。如果没有适身的背篼，很容易被人当作懒惰。背篼就像传家宝一样，从上辈到下辈，人人都有自己的背篼。

这样，山里人不管走到哪里，背篼就要背到哪里，走亲戚也用背篼背，哪怕送的礼再少，也要用背篼装，在面上盖上一根红帕子，就能显示出礼貌和大气。到了亲戚家门口，人还没进屋，热情好客的主人就把背篼先迎进屋了。凡操办儿女婚姻大事，男方总是背着一背篼好礼去认亲，娘家人先看的也是背篼，背篼编得好看，说明那家人会过日子；背篼编得细致，说明那家人能干持家。当然，还得看男方的豪爽和情意，看顺心了就会点头同意这门亲事。

在我考上县城的重点高中时，也是父亲用一个大背篼背着我在学校用的被子和衣服，还有日用品送我去县城的。那天早上我和父亲四点钟就从家里出发，翻了几座山走了三个多钟头才去到县城的中学，本来镇上有通往城里的班车的，父亲说从家里去镇上也要走一个多小时，而走那条小路也只走两个多小时，干脆我们走路，我知道节约惯了的父是舍不得那几元车费。我怎么也说不过父亲，只好同意跟他一起走路。到了县中学，老师和同学们看着我父亲背着一个大背篼送我来的，都好像看稀奇一样看我们，父亲却笑呵呵地说："我们乡下人就喜欢背背篼，背篼装得多，背起走路也走得快，图个方便嘛！"从此，隔三岔五，父亲来学校看我，也是背着他那大背篼，有时给我送点米、腊肉、香肠，哪怕用手都能提得走的，他仍放在大大的背篼里，有时啥也不送，只是顺道来看看我，也是背着那个大大的背篼。

如今，父亲已经老了，可他却不愿到县城和我们一起生活，而是在家里守着老屋，打理他的菜地。每当院前的桃子李子熟了，他总是用背篼给我背来，每当他菜地的小菜熟了，他也用背篼给我背来，只是现在他的背篼没以前大了，他为自己量身编了一个小背篼。小小的背篼背在父亲背上，与他佝偻的身子看起来极不相称，我们多次劝他别再背背篼了，实在要给我们送点什么来，就用袋子提点就行了，袋子提起轻松好看，我们只要尝尝就行，因为县城里啥都能买到。可父亲每次照旧，虽然他背上的背篼越来越小，但他每次来县城我家时，都背着一个背篼。

# 沉静在岁月里的石头

## 一

我老家的老屋是石砖砌成的，石砖墙垒得规则细致，每一面墙都像一幅工笔画，看起来墙上的石灰印迹方方正正，石砖也大小一致，在当时要想修这么几间房子，还真不容易。

我父母都是常年在地里干活的老实巴交的农民，当初想要将破旧的土屋改修成新房子，但却没那么多钱买火砖，想来想去还是就地取材，修石砖房，因为石头在山上打起就是。在一切计划好后，就得为修房做准备，先得省吃俭用，把请匠人的工钱和吃的粮食节约出来。然后再请石匠来先打石头，石匠一来不但一天三顿好酒好菜招待，还得送烟送开水，全家人忙前忙后，帮着挑石岩上的土，帮着搬打好的石砖，几间屋的石砖，少说也得要近千块。这么多石砖，三五个石匠得打十天半个月，这十天半个月，可想而知我的父母累成了啥样。

记得那次我家请石匠打石砖时，明明先前父亲一次又一次算好了，该吃多少粮食、该喝好多酒、该开好多工钱，结果石头还没打完钱就用光了，只得去向别人借，结果借了好几家没借到钱，晚上在石匠走了后，父亲独自坐在院坝里，不停地抽着老叶子烟，连声叹息。

最懂我父亲的母亲，她走过去劝道："你愁啥，万一没钱了明天就停工，等有了钱再打石头，反正现在房子也不修，打起石头也先是放着。"父亲一听，认为这是个办法，忙说："只能这样了，我一会儿去给石匠们说声明天停工，等有了钱再打。"

这时，这话正好给从这儿路过的三叔听见了，他走来坐下问明情况后说："停啥工呀，一旦停工了到时再打就难成头了。我家里才卖了一头肥猪，一会儿我就给你把钱拿来，你先用着，到时你有了再还我，反正现在我家也没啥花钱的地方。"果真三叔去把他家卖肥猪的钱拿来，递给我父亲，父亲当时感动得直落泪。在石头打好后，父亲就利用空闲时间，用肩去坡上把石砖挑回来。那段时间，让我记忆最深的是，父亲每天收了工就去坡上挑石砖，每次挑两块，由于两块石头最少也有二百斤重，那山坡上离我家有二三里路，再苦再累父亲从没怨一句，他就这样一趟一趟地挑，有月亮的晚上他吃了晚饭还要去挑几次，没月亮的晚上就挑到看不清路才收工。

石砖挑回来后，就整齐地堆在院子里，一堆又是一年多。等再把钱粮准备好了，才又动工修房子。修房子是全家人最激动的事，也是父母最累的时候。要准备所有该准备的东西，动工修房子时还得请人帮着拌灰、推土、搬石砖，还要请人去镇上买烟、买酒、买菜等等。修房子那段时间父母没睡过一次真正的觉。父亲是这房子的总设计师，墙垒多高，屋要多宽多长，地基多深等等，每一个人都得听父亲的。十天半个月后，新的石砖房子就修好了。

这几间石砖房，几乎耗尽了父母省吃俭用多年才积累起来的钱和粮，也耗尽了他们几乎所有的精力。本来在这几间房子修起来后，全家人都因住进了新房子而高兴，也引来了村里一些看热闹的人，好多人都进屋看看，都一个劲地夸我父母能干，房子修得这么好。可父亲却高兴不起来，修房子时别人来帮过忙的，他要找机会帮人家；别人支持过钱粮的，他也要找机会回报人家；借了别人钱粮的，还得想办法早点还上。

如今，好多年过去了，我们都在城里生活，那几间石砖房子早已倒塌，石砖却静静地躺在院子里，像当年父亲从山上挑回来时一样，只是石头已长满青苔，也落下几许岁月的尘埃。

## 二

石磨，就是山里人磨面粉用的农具，它是用山坡上最硬的石头做成的。每到收完麦子后，它便不停地转动着，那随处可见的推磨的动作，是那么的生动而形象；那到处都能听见的磨子的“吱嘎、吱嘎”声，仿佛是山里人在奏响一首丰收的乐曲。

我家的那副大石磨是祖传下来的，听说是祖父的父亲早年去贩盐时从云南花钱买回来的，也算是“传家宝”了，这副石磨在我父母的心目中就显得尤其珍贵。而更让母亲舍不得石磨的原因，是因为那时没有机器磨面，一家大大小小的七八口人，全靠这副石磨磨面来养活。一年到头，从土里收的麦子、玉米、高粱都是用这石磨磨成面粉，然后做成麦粑、玉米粑、高粱粑来吃，虽然没有现在机器打的面粉精细，但却能让我们全家填饱肚子。从播种到收获，再到用石磨磨成面粉的过程中，我们会有一种因劳动而带来的喜悦和乐趣。

我几乎是听着这石磨转动时的“吱嘎、吱嘎”声长大的，很小的时候，常常是母亲背着我推磨磨面，稍大点我就帮着母亲推磨磨面粉，我更是像许多山里人一样，吃着用这石磨磨出的面粉长大的。

更让母亲欣慰的是她用这石磨磨出的豆浆做的豆花好吃，远近闻名。谁家嫁闺女，谁家娶媳妇，谁家满十，都得来用我家的石磨磨豆浆，都得请我母亲去煮豆腐，母亲煮的豆腐白白的嫩嫩的，很好吃。母亲听到别人夸奖她时，总是打心眼里高兴，更是打心眼里说：“这都是我家那副石磨好，磨出的豆浆又细又白嘛！”仿佛母亲因石磨而变得贤能，石磨因母亲而变得有了灵气。

如今，磨面却是用机器磨了，我家那副石磨却待在老屋的废墟里，被杂草覆盖。前不久，母亲回乡下老家，请了两个人把石磨从废墟中搬了出来，放在一个干净的地方，她还用湿帕子将石磨洗得干干净净，还悄悄地对着石磨说话……

三

晒坝，是用石板铺成的，用来晒谷子和农作物用。不知道我们队上的晒坝是哪时修的，但从我知事时起，村里就有那个宽宽的大大的晒坝了。那时晒坝是集体的，在土地下放到户后，由于晒坝就在我家院前，我家也分得了一部分。

农忙季节，地里的要收回，秧子又要栽下去，晒坝上的人忙得毛辫不沾背。豌胡豆上午从地里担回来，铺在地坝上晒晒，妇女们戴着草帽，排成相对两排，一层层前行打过去，翻晒过来，再一层层退步打回来，响声震耳，节奏鲜明。待抓把黄灿灿豆子在手，清凉凉的，圆润润的，光滑滑的，慢慢从指缝漏下，那感觉真好，疲与劳、苦和累也就烟消云散了。

打稻时是晒坝里最热闹的时候，橙黄橙黄谷粒一挑一挑用箩篼从田里担回，女人们就在晒坝晒谷子，那里充满着忙碌，也充满着欢乐和笑声，更是充满着希望。夜里，在那明净的月光下，金黄金黄的谷子在晒坝里堆成了一座座小山。然后，爷爷摇着蒲扇绘声绘色地给我们讲故事，或精彩或浪漫。突然，一阵悠扬而动人的歌声从山那边传来："我们坐在高高的谷堆旁，听妈妈讲那过去的故事……"仿佛这歌声中，还夹杂着浓浓的稻香，渗透着丰收的欢愉。每到谷子晒干，在队上分粮食时，男女老少都挑着箩篼、背着背篼往晒坝涌，晒坝里就比平时开会时人还要多，然后队长按一家一户分粮，分得粮食后，大家就各自往家里挑，于是笑声洒满晒坝，梦想也从晒坝延伸。

晒坝也是我们孩子玩耍的场所，由于晒坝宽而且平，我们就常在那里打陀螺、滚铁环、修房子、扇烟盒、扇糖纸、过家家、捡子、跳绳、斗鸡等。每天我放学后，都去那儿玩，在玩了好一阵后，才想起父母安排我的活儿还没做，得赶忙跑去干活。有时也被父亲看见，轻则被骂几句，重则还得挨几竹板。但今天被打后，明天仍一个样。尤其是队里来个耍猴戏的，唱小曲的，都在晒坝里演，每次只要锣鼓一响，四面八方的人水一样涌来，晒坝里就人头攒动，笑声不断。更让人难忘的是那时每月来队上放一场电影，也在晒坝放，那晒坝里更是热闹，再宽的晒坝也不够站似的，有的还被挤进了晒坝边的水田里，晒坝就是最聚人气的地方。

如今，晒坝的风光不再，晒坝里的石板破的破烂的烂，而且变得幽幽黑，滑溜溜，还长了青苔，清冷地透着孤寂。

## 四

在老屋前，那块磨刀石还完好地立在那里。记得那块磨刀石是我父亲从贵州弄回来的，因为家乡的石头是泡沙石，不能做磨刀石，在本地实在找不到磨刀石的情况下，父亲利用去贵州走亲戚之机，专门背回来这块石头。

这块磨刀石坚硬且闪着青光，在阳光下更是光泽烁烁。石头外表有些类似一个不规则长方体，棱角分明线条粗犷。磨刀的时候要用手腕压住刀背斜立着刀刃，和上点水来回地在石头上磨蹭。锈迹被磨掉，刀刃寒光闪闪，磨刀人斜着眼迎光一照便知刀锋利的程度。

有了这块磨刀石，院子里的邻居都来这里磨刀，割草的、切菜的、杀猪的、砍柴的，各色的刀具陆续登场，磨去锈迹崭露刀锋。收割麦子时，父亲就用这磨刀石慢慢地磨镰刀，生怕挂在墙上已生锈的镰刀没磨快似的，在他磨好后，就去地里收割麦子，不知是他镰刀磨得快，还是父亲干活时力气大，每年收割麦子时都比别人先收完。有时，父亲也把他挖土的锄头拿去磨，锄头磨得像刀一样快，挖起土来就挖得更深，弄得更细，大概是经常磨锄头，锄头快而且好使用，他弄出的菜地像画一样精美耐看。

那块磨刀石用得最多还是我母亲，她为了全家人的一日三餐，凡有空她就去磨那把菜刀，不管什么时候，我家的菜刀都是亮亮的，而且母亲用它切的菜又细又匀；母亲为了养好猪，她也时时去磨猪草刀，其实磨猪草刀的时间比磨菜刀的时间多，因为我家喂了好几头猪，不管是地里弄回的菜叶，还是去坡上割回的猪草，都得用猪草刀慢慢地截细，再煮熟后喂，这样母亲喂出的猪都是很肥的；除了这些，母亲也没少磨柴刀，她时常要去坡上弄煮饭时烧的柴；也没少磨她割牛草时的镰刀，她还要抽空去坡上割草喂牛……磨来磨去，那块磨刀石的棱角也变得圆滑了，耀人的光泽也暗淡了许多，磨刀石也被磨出了一个浅浅的上弦月。

如今，那块磨刀石还立在院前的墙角，仿佛它就是已经变成了废墟的老屋的一个标记，更是成为曾经在这里生活过的人的一段记忆！

## 五

从村里通往小镇是一条石板路，路上被踩得光溜溜的石板，就如一双饱经沧桑的眼睛，还在述说着当年的历史。每个赶集天，这条石板路上就显得特别的热闹，担箩筐的大爷，背背篼的大婶，赶着驮马的大哥，活泼乱跳的小孩……都高高兴兴地沿着这条山路，连成一根线似的向镇上拥去，一路上有说有笑，那爽朗的笑声伴随着驮马的“叮当”声，在山里山外回荡着……谁如果要出一次远门，不管舍不舍得离开家乡，只要一踏上这条石板路，就像听见一个粗犷而豪放的有如父亲的声音沿着山路传来：“孩子，放心地去吧，能在外面创出一片天地来，才算一条真正的汉子呢！”一种无形的力量就从脚底涌遍全身，似乎这条石板路就是一根连接故乡的线，不管走去多远，将来成就多大，都将紧紧地把他系在对故乡的思念里。

如果有谁在外面失意而归，只要走上这条石板路，似乎就能感受到故乡的亲切，就能听见故乡母亲的呼唤：“孩子，回来吧，这里永远是你温馨的家！”那从田野里吹拂着的轻风，如一双双亲切而温暖的手，为他拂去失意的泪水；那风中夹杂着的稻子的馨香，就能喂养他那饥渴的心灵……因为这条石板路是从来不分贫穷和富有的。

谁家的闺女出嫁，也要坐上大花桥，吹吹打打，热热闹闹地从这条石板路上走出去；谁家娶儿媳妇，也要沿着这条石路，吹吹打打，热热闹闹地迎进来。于是，四面八方的乡亲们，都要去喝喜酒，都要带去出自心底的赞叹声，更要带去真诚的祝福……谁家有个大小事，山里人都纷纷沿着这条石板路走去，不分远近，不分村里村外，只要是石板路连接的地方。若老人孩子病了，山里人就抬着或背着向医院跑去，从未因为路途遥远而延误治疗。仿佛在这时，这条石板路再长也会变短，离镇上十多公里的医院转眼间就到了；谁家做生满十，山里人在镇上买上酒菜从这石板路上走回去时，石板路似乎在山里人那高兴的说笑中，也笑得跟山里人一样的开心，因为这条石板路在山里人心目中，似乎有了灵性。

如今，在新农村建设中，公路通到山里人的家门口，山里人赶集或出门时，来去都是坐车，这条石板路，似乎就在汽车的奔跑中，在山里那日新月异的变化里，渐渐地被山里人遗忘了。被遗忘了石板路，如一个饱经沧桑的老人，以十分平和的心态，守望着宁静的乡村，回味着往日的热闹。

# 浪漫的故乡

## 一

我的故乡地处一个偏远的小山村，交通不便，经济十分落后，一条通往镇上的乡村公路，也坑坑洼洼，车辆和人行都很不方便，下雨的时候，泥浆几乎淹到小腿，给出行的人们造成不便。而在这里生活的山里人，总是与泥土为伴，日出而作日落而息，日子虽然清贫但也充实。勤劳惯了的山里人，好像不知道啥叫累，他们为丰收而欣喜，为一棵禾苗死了而哭泣。往往劳累了一天，躺下来就能呼呼大睡，连梦也顾不上做。再睁开眼，红红的日头已露出半边脸，忙碌的一天又开始了。

故乡不但有山水灵气，还有大山的粗犷。不光是山里的男人们性格开朗，就是山里的女人也不娇气。栽秧、种麦、犁田样样都干。上山割草，刚蹲下，嚓嚓嚓挥镰就放倒一大片；下地割麦，一弯腰，刷刷刷就割到了田地那头。累了，取下草帽，呼呼呼就扇走了疲劳；渴了，趴在山泉边咕咕咕灌一气……仿佛一切都那么平静，日子也就这样日复一日、年复一年地过着。

随着打工潮的兴起，山里人纷纷奔走他乡，热闹忙碌的乡村变得空荡荡的。村子里似乎没有几个人，山坡上变得杂草丛生，呈现出从未有过的孤寂与荒芜。田野里的农舍，或红砖平房，或土墙青瓦，疏疏落落分布在山脚下，许多房子房门紧闭，主人早已离乡背井，远奔他乡。岁月从艰辛的生活中滑过，祖祖辈辈的沧桑，依然铭刻在斑驳的土墙上。村口那一棵老槐树如一位饱经沧桑的老人，用期盼与等待的目光静静地凝视着，那条通往远方的弯曲的山路。

我也跟许多山里人一样，怀揣着梦想，带着对外面世界的向往，沿着那条弯曲的山路走出故乡，那时的故乡虽然有我童年和少年美好的记忆，但它的贫穷和落后让我有一种总想离开它的想法，仿佛只要从这里走出去，就是另一片天地，另一种人生。我就独自去到外面打工，在建筑工地上努力干活，可高楼修了一幢又一幢，就是没有我的一套房子；在工厂里加班加点工作，生产的汽车配件无数，却买不起一辆汽车；奔波于一个又一个城市，却在城市里没有找到属于自己的天地。虽然城市的灯红酒绿让我迷恋，外面世界的精彩让我迷茫，在这背负着梦想的旅途中，总有一些磕磕碰碰，总有些不如意。我就更加对故乡牵挂起来。在夜幕降临时想着故乡，思念着故乡的亲人和儿时的玩伴，仿佛故乡就变得亲切、善良、美丽、厚重。

其实，我的家境也不是很好，老家那几间破旧的土屋，说不定哪天就会塌下来，当时我想为什么这样的房子也要住，何不搬出去修上几间好一点的砖瓦房呢？虽然住的是破旧的土屋，但我的童年还是很快乐的，村子边有一条大河，我们也算是水边长大的孩子，自然与水有着天生的情缘。夏天的河滩是我和小伙伴最喜欢的去处，每天太阳一升起来，小伙伴们就飞奔着来到河滩，捡鹅卵石，堆小沙丘，热了就跳到河里洗澡，从上游很远的一块大岩石上纵身跳下，奋力游到河中央，再顺着水流漂到下游，在下游龙滩口的地方又游回到岸边，我们水里打闹嬉戏的情景让我记忆犹新……

## 二

慢慢地，出去打工的人深知没有文化的苦，总是想办法让自己的孩子读书，读了书的孩子也知道外面世界比山里大得多。有的就背着娘做的鞋，揣着爹塞的钱，向山外赶，去外面打拼，有的真就赚了钱，觉得山里的路不好走，要修一条连接城市和乡村的路，都想为家乡的发展做贡献。于是，故乡有一位打工仔，他在外面打拼多年，有了一定的积蓄，却回到家乡搞起了新型生态旅游业。随着他的到来，打破了故乡这片土地千百年来的沉静，改变了山里人春种秋收的梦想。他承包了全村将近九千亩土地，投资 1.4 亿元，投资打造“浪漫爱情花海”，如今已初具规模。这是他对家乡浓墨重彩抒写的大手笔，更是他对家乡的一种大爱情怀。

前不久，我回了一次乡下老家，我那在乡下的土屋却早已变成了废墟，每每走到土屋前，总是想起以前的情景，那盏照着母亲补衣服的煤油灯，父亲那十分严肃的说教声，还有那象征着山村生气的鸡鸣狗叫声……都早已消失在故乡那静静的岁月里。我在村子里随便走走，明显感觉到冷清，村口原有两棵大树，并排长在小溪的两岸，层层叠叠，绵绵密密，树上面是鸟的天堂，树下面是村民的乐园。只要是农闲时节，男人们总带着一把躺椅，一壶茶，在树下天南地北地吹牛，女人们在树下补衣服，纳鞋底。我们在树下玩游戏。胆子大的孩子会从山上采来藤蔓挂在两棵大树之间荡秋千。

故乡变了，变得翻天覆地。楼房、别墅，鳞次栉比，将原本就巴掌大的一个小山坳挤得满满当当，而且越是新建的越是高大，大有一争高下之势。平坦的水泥路浇到了每家每户的门口，转弯处都接了路灯，方便了夜晚行走，当年掩映在绿树翠竹之间的低矮的青瓦房和土坯房已不见踪迹，家家户户，房前屋后的梨树、桃树以及那成片成片的翠竹园也不见了。村民进进出出大多是电瓶车、摩托车，甚至小汽车，很少有骑自行车的，肩扛手提更是少见。烧柴火的土灶头已经消失，代之以液化气。

偶尔遇到一两位老人，寒暄之间得知，儿女们都外出打工了，没有特殊情况，一般一年才回来一趟，平时去邮政所取款汇款算是跟儿女间唯一的亲近，日常工作最重要的内容就是照顾上学和还没到上学年龄的孙辈们。只有过年的几天是村子里最热闹的时候，外出打工的怀揣着一年所得，买年货，添新衣，造新房，娶媳妇。我在村子里转悠了好一阵，孩子们没有一个是认识我的，我也不认识他们。只有在碰到他们的爷爷奶奶时，爷爷奶奶教他们叫我叔叔时，他们才会躲在爷爷奶奶的身后，怯生生地叫我一声；还有我儿时的玩伴，见了面大家只是亲切地招呼一声，再也没有那时彼此之间说不完的话了，最后只能像刚刚认识的一样笑笑，仿佛一切都变得那么陌生。

## 三

如今，沉寂了多年的故乡又热闹起来了。在外打工的人有的已回家，在这基地里打工，不出村照样每天上班每月领工资，没有了外出漂泊的艰辛，更是能照顾家里的老人孩子；也有在外面经商的人回家，准备以此为依托，开小商店或农家乐，在自己的家里做生意，那种感觉就两个字“踏实”。山坡上又有了干活时的说笑声，农家小院里又充满着欢乐，乡村公路上又有了摩托车、汽车进出的轰鸣声，院坝里孩子们高兴地打闹，屋前又响起大人们唤鸡唤鸭的声音……

晚上，父亲一边吃晚饭一边对我说：“听说这个‘浪漫爱情花海’建成后，还要免费为我们村年满六十岁的人，补照结婚纪念照，免费主办一次结婚纪念，我和你妈都快七十了，结婚几十年还没照过什么婚纱照，到时我们肯定要去照照，做个纪念嘛。以前听说什么花海，简直太遥远，现在就在眼前，我也想和你妈牵着手去那浪漫爱情花海走走。虽然现在我们老了，却赶上这个好时代，我们一起走过了几十年不容易，也要去享受一下‘爱情的浪漫’哟！”

夜里，我久久不能入眠，穿衣起床走出家门，去到故乡的田野，那田野、农舍笼罩在美丽的夜色中，显得既美丽又迷人。远处还传出优美动听的歌声，不是那首人人都会唱的《在希望的田野上》，而是流行歌曲《勇敢爱》，不用想我也知道，这是从外面打工归来的年轻人在唱。故乡已走出了沉寂，走出了孤独，走出了落后，更走出了贫穷。

故乡也像城里一样，不但温馨，而且也变得浪漫！

# 河流是村庄梦想的延伸

在家乡，有一条绕村庄流过的小河，这条河源头就在上面不远的大山深处，流经好几个村庄来到这里，像一个匆匆的过客，但又像是一位常年生活在这里的山里人，目睹了这里的人情世故，经历了这里的沧桑演变。

这是一条蜿蜒的小河，河不太深，河水缓缓地向下流动着，发出清脆的响声，像一首永不停息的歌谣，让村庄充满着诗情画意。如果在河边走走，就能聆听到每一滴水的淳朴，就能感受到每一个浪的热情。偶尔弯腰拾起几片小瓦片，兴致勃勃地玩起打水漂，“噗噗”地在河面上掀起一阵阵涟漪，一种自豪感也油然而生了。偶有一群群鸭子，雄赳赳地奔向小河，刹那间，它们“扑通”地逃向远方，同时还“嘎嘎”地跟河水对话……

春天，小河就像一位怀春的少女，显得有些腼腆和害羞。微风吹拂，清清的河面便碧波荡漾，沿河两岸的垂柳向河面弯去，为小河撑起了一把把绿伞，鱼儿在清凉中自由地穿梭着，水边长着绿绿的草，开着黄色白色的小花，偶有青蛙从草丛中跳出来，鼓着眼睛和白白的肚皮“呱呱”地叫上一阵。那大片的柳树在淡淡的薄雾中，摇晃着嫩绿的枝条，远远望去，像一个妙龄少女在沉思或默想；夏天，小河似乎就是孩子们的乐园。三五成群的孩子将牛扔在一边吃草，迅速脱光衣服往河里一跳，在河里游泳，在河边捉鱼、钓青蛙；在沙滩上赛跑、摔跤，玩得不亦乐乎，直至太阳西下，炊烟袅袅升起，才依依不舍地离去，这时的河像一位善良的母亲，总是伸开爱的怀抱，迎接孩子们，并给他们的呵护；冬天，凛冽的寒风吹过后，河面上就结起了一层薄薄的冰，亮亮的像一面镜子，这时的小河给人一种静静的美，像一位饱经风霜的老人，眼睛里充满着淡然，目光中透露出微笑。

小河边最热闹的时候就是每年夏天插秧的季节，因为要抽水整田栽秧，小河两岸各家各户都忙着抽水，都会在河边架起抽水机使劲地抽，柴油机那“叭叭叭”的响声，让整个山村都沸腾起来。大人们围坐在河边说着话，小孩们三三两两地趴在抽水机的铁管上，听铁管里水流涌动的声音，那也许是童年最为美妙的音律。在抽水机的猛抽下，河流也许会干涸，这时的小河像一位母亲，用自己的乳汁喂养着村庄，喂养着庄稼，养育了一代又一代山里人。

河上有一座古老的石桥，桥墩石上早已长满了青苔，给村庄涂上了久远的印记。桥下的河水流淌出涓涓的水声，那水声不缓不急，像山里人的日子一样不紧不慢，有滋有味。从上游流下的水，很匀速地冲刷着河滩和桥墩，把滩上的鹅卵石冲洗得很干净也很光滑，那些石头就像一块块玉，在太阳照耀下发着光。这座桥就成了通往村外的唯一的通道，走在桥上能看河里的小鱼，自由自在地在石缝间穿梭，顽皮的小脑袋时而浮出水面。有时也有人在河边洗衣服，清清的河里，映透出她们的身影，仿佛她们那欢快的笑声和着水声，顺着小河飘去很远很远……

村里有一对两小无猜的恋人，小时候一起上学，放学后一起上坡割草放牛。长大后他们都没考上大学，男青年出去打工，挣了钱后自己办厂，却与家乡的恋人分手。女青年常常痴痴地坐在河边，出神地望着远方，仿佛在期待什么，又像是在努力忘记什么。一天又一天，一年又一年，河水依旧轻轻地流淌，她一有空就坐在河边，仿佛河水的轻唱对她来说就是最美的歌声，河水就是她最好的倾诉对象……也许是她的真情感动了河水，那流向远方的河水带走了她的思念，将她一片痴情带给了远方的他，让他知道故乡的她还在苦苦地守候着。终于有一天他回来了，他好像知道她在河边等他一样，连家都没回就去到河边，他看到她那仍在痴痴等待的神情，不知让他有多感动，最后两人终于走到了一起。

农闲时，山里人也拿着鱼竿去河边钓鱼，以打发悠闲的日子。不但钓鱼竿简单，鱼饵也简单，有时候就用饭粒，不一会就能钓到鱼，机会好的话，半天就能钓上小半桶，拿回家，将其除去内脏，拌上盐，然后和上面粉一炸，那味道真是美极了。有时，一大群小鸟在河流的上空飞旋，它们的翅膀一抖，河流就暗地里动了一下，它们的叫声，会映在水里，比飘在空中的声音好听……

有时，小河也像一个山里汉子一样会生气，小河开始涨水，河面越来越宽。但似乎再发怒的小河，也只是做做样子，从没有冲坏两岸的庄稼和房屋，只是河中的水汹涌着，呼吼着，让人感到害怕。但洪水半天就过去了，小河渐渐恢复了平静。然而，这也是山里人是放排的好时节，他们把去年砍的杉木、春季里砍的楠竹结成排，吼着号子顺河而下。那时候，故乡没有公路，山里人多半盼着趁小河涨水把山货卖到城里，这故乡的小河也是一条最原始的交通要道。

河流就这样在村庄流淌，河水喂养的老人有的早已随河流远去，但他们的梦想，仿佛像河水一样在村庄里流淌；喝河水长大的孩子，从河上那座石桥上出去，各赴他乡。他们各自走上不同的人生路，有的顺利地考上大学，毕业后仕途一帆风顺；有的却通过打工挣了钱，在城里早已安定下来，然后把在家的父母孩子接走；有的也在四处漂泊的无望辛劳中，把青春与梦想耗费，只有在静夜里，听一听故乡的河流在心头流过的声音，所有的孤独与失落都烟消云散。

家乡的小河就是这样用它的质朴和清纯，一代又一代地惠泽着它的子民，悄无声息，无怨无悔。每一个从村庄走出去的人，凡回到故乡，常常迫不及待地走去小河边，凝视着河边的树木、青草，聆听着小河那潺潺的流水声，这才感觉真正回到了故乡，多少童年的气息与美好的记忆，在河水中映现，如电影画面一样，闪来闪去。那些画面里的每一个情节，都让人感到亲切、温暖！

# 劳动之美

## 一

劳动是美丽的，也是快乐的。

在我居住的小区里，租住着一对从乡下来的年轻夫妇。男的姓王，是骑三轮车的，女的姓李，是在小区里做清洁的。不论从穿着打扮上看，还是从经济条件上讲，他们在小区里根本不能与任何人相比，但他们因劳动生活得快乐，因为劳动而过得充实。

每天早晨，天刚蒙蒙亮时，就听见他们小屋的卷帘门“哗哗”地响起，便知道他们起床了，作为清洁工的小李开始工作了，她用扫帚扫地的“唰唰”的声音，在这寂静的小院里响起。这时，本可以多睡一会儿的小王也起来了，一会儿帮她用推车推垃圾，一会儿用扫帚帮她扫地，时不时传来两人亲切的说话声和欢笑声。

起初，还真有些人不理解，被他们的声音吵醒后，还时不时要冲他们吼几句："你们能不能小声点？人家可还在睡觉！"可渐渐地，他们每天这准时的声音，却成了小区里很多人起床的钟声了，这时便有人起来打打太极拳，也有人起来舞舞剑，还有人起来去爬山和跑步……他们依旧忙着他们的活儿。每当这时，我总是习惯地推开窗子向楼下望去，在那微露的晨曦中，我看见他们扫地时那一走一挪的身影，也看见他们那一丝不苟的神情，似乎能感觉到他们因为劳动获得的幸福。

不一会儿天就大亮了，小王也应该去干自己的活儿了，他便拍去身上的灰尘，洗洗脸就骑着三轮出门了，他的老婆小李这时不是拿着擦汗的毛巾追来，就是提着刚装上冷开水的水壶向他跑去，并十分亲切地说："老公，你要骑慢点，注意安全哟！"男人笑笑说："老婆，你放心嘛，没事的。"说罢，骑着三轮车就挥手而去，那叮当叮当的铃声，就像一首快乐的交响乐，似乎点缀着他一天的好心情，也将小区里点缀得其乐融融的。

有了他们，使平日里有些冷清的小区，多了一些热闹和生气。凡哪家要搬个东西上楼，就喊小王帮着搬，如楼上的瘫痪在床的老人也时不时叫小李帮忙……总之，不管哪家有事，也不管他们空与不空，他们夫妻俩都随喊随到。也常有人给他们钱，他们却从不收分文，这让小区里人为之感动。随后，也有很多人自然而然地加入，能帮则帮，使小区像一个大家庭。

不久，小王也把他的母亲从乡下接来了，虽然他们住的仍是楼下那间小屋，吃的仍是简单的饭菜，但似乎丝毫没影响他们的快乐。那天我看见小李在外面买了点肉，炒好端上桌后，小王还去外面买了一瓶老白干，小王告诉我今天是他母亲的生日，虽说他们不像我们那样，请上亲朋好友去大餐厅里吃上一顿，但从他们这几个简单的菜中，也能感受到他们对母亲的孝敬，更能感受到他们一家的幸福。

有一次，我看见小王背着他老婆在从小区里向外面跑去，我想他老婆是不是得了急病，我赶忙跑上去急切地问道：“她病了吗，要不要我开车送她去医院？”小王喘着气不出声，仍旧往前跑，我更着急了，大声地吼道：“我想帮你，我开车送她去医院……”

背上的小李说话了："谁说我们要去医院，今天是我的生日，让老公背着我在这小区外跑一圈呢！"一下子，我被弄得莫名其妙，但也很快明白过来。

随后，小王的母亲就留在城里跟他们一块过，他那劳动惯了的母亲更是闲不住，除帮小李打扫卫生外，还义务为小区里的花园除草，慢慢地也有一些闲着没事的老人加入进来，他们经常一边劳动一边说话。

因为劳动，小区里充满了欢乐和笑声！

## 二

小时候，我的母亲总是白天干农活，晚上回家弄猪食。她弄猪食时，用刀砍猪草的声音，时常把我从睡梦中惊醒，我便睁大眼睛，对着敞开的房门看去，恰好看见母亲坐在小板凳上劳动着的背影，在那暗淡的煤油灯下，一晃一晃的，像母亲年轻时在业余文艺宣传队表演节目一样。我从她的背影中看得出，勤劳的母亲这时脸上肯定挂着微笑，心里充满着欢乐。

从此，我总是不自觉地注视母亲劳动时的背影，她背柴时的背影显得沉重一些，但也从未被这沉重的生活压倒，而是表现出了她的坚强；母亲往灶里添柴火时的背影是轻松自然的，在红红的火苗的温暖下，劳累了的她也偶尔打个盹；母亲在河边洗衣服的背影则是灵动优美的，一直在劳动着而且整天忙于家务的母亲，在清清的河水的映照下，心情格外平和而美丽；母亲坐在灯下给我们缝补衣服的背影，显得细致而亲切，在一针一线里饱含着母亲对儿女们的挚爱……

年过花甲的母亲，仍然坚持要住在乡下。我每次回到老家，母亲总是十分热情地为我泡茶、做饭，我从母亲略显佝偻的背影中，看到了一个热爱劳动的母亲，看到了一个平凡而伟大的母亲！

我父亲的背影就像家里堂屋的那根顶梁柱，支撑起了一个家。开春时，似乎就是父亲打着牛下到地里的一声吆喝，唤醒了整个山村里的春天。父亲那打着牛从田里一铧一铧地走过的背影，远看像一幅画，近看却像一棵树，手扶着犁铧，坚挺着腰，欢快地从田野走过。

在田野里挖土时，父亲的背影更是显示出一种男子汉的气息，一弯一伸，一伸一弯，从背影里能看出劳动的父亲，生活中充满着艰辛。其实不然，这是父亲最喜欢的一种劳动姿势，这种“弯”充满着一种坚韧，这种“伸”表现出一丝惬意。脸贴着泥土，是在与钟爱一生，劳动了一生的土地亲切交谈，倾听着土地带给他的又一个丰收的喜讯。父亲在山坡上收麦子的背影，更是充满激情，弯着腰割着麦子，直起身把一挑麦子挑在肩上，再一声高兴的吆喝：“走呢，今年又是丰收年啰！”他那挑着麦子回家的背影，晃晃悠悠地，在恍如“扭秧歌”的脚步里，父亲的背影几十年如一日，轻飘飘走过了岁月的年轮……

如今，父亲已经老了，虽然他的身体弯曲了好多，但劳动的姿势没变，他劳作时的背影，依旧这么坚强有力！

城市里清洁工的身影，映衬出城市的整洁和美丽。每天早上，我推开窗子，在那微露的晨曦中，看见一个清洁工正在扫地，她那一走一挪的身影，她那一丝不苟的神情，在这清晨的城市中，悠悠地晃动着，就像一幅流动的风景。随着天渐渐大亮，我才看清楚清洁工那一张因为风霜而变得苍老的脸，因为劳动而充满欢欣，因为劳动而含着幸福的微笑；还有她那双粗糙的手，总在不停地晃动着，似乎在描绘着美丽而平凡的人生。

好多年过去了，这条街不知改造过多少次，这街道也由石板街面变成了水泥路面，变来变去，城市变得更加的繁华，街道变得更加宽阔。而唯独没变得是窗外那个扫地的身影，不管刮风下雪，还是严寒酷热，她都这样扫着街道，让街道变得整洁，让城市变得清新。

在城里，常常看见建筑工的背影。这些背影似乎都是从乡间走来，带来了乡间的淳朴，用自己对城市的热爱和向往，用自己吃苦耐劳的精神，用心血和汗水，让楼层在他们流着汗的背影里，一天一天地长高。

不管上班或是下班，只要从建筑工地前经过，我总是站在那里观看。那一个个正在劳动着的背影，总是让我感受到一种力量，一种坚强。那正在砌砖的工人们的背影，在火辣辣的阳光下，光着的胳膊似乎还在闪动着光芒；那正在挑着灰桶一层一层往上走的工人，那背影更是像一根稳健的钢筋，支撑着自己也支撑着城市。虽然饱含着沉重，浸透着艰辛，但从那轻声哼出的劳动号子中，他们的人生似乎因劳动而变得充实浪漫，变得轻快而充满着希冀……

## 三

也许是我从乡下走来，对劳动的声音有一种特别的亲切感！

每次我去散步或逛街，对广场上或商店里动听的音乐，或者是从歌厅里传来的迷人的歌声，一点都不感兴趣，甚至还觉得太嘈杂了。可每当我听见大街上清洁工那扫地的“沙沙”声时，总要去认真倾听；如果偶尔从建建筑工地旁经过，还要驻足观看……我觉得这些声音非常动听也非常感人。

从乡村走到了城里的我，每天都在轻松自在而衣食无忧中生活着，仿佛整天都陶醉在都市那充满着现代气息的热闹中，似乎对那些远去了的劳动的声音，却感到有一种特别的亲切。

每天早晨我醒来，起床推开窗户，向楼下望去，仿佛看见了在这小城里生活着的，那样一群勤劳的乡下人，他们那起早摸黑，快乐地劳动的身影；他们那些劳动的声音，就是这座城市里最美最动听的乐章！

# 庄稼之美

## 一

在乡村里，庄稼就像淳朴的乡亲们，不管在哪儿碰见，都那么亲切。仿佛看上去，村里除了一条小河及沿岸的柳树外，到处都是庄稼。地里不是黄亮亮的油菜，就是生长旺盛的麦子，不是如森林般涌动起伏的苞谷林，就是到处延伸的豆类。这些庄稼，一年四季都蓬蓬勃勃地生长着。

我是在乡间长大，对地里的庄稼更是热爱，对庄稼的声音更是情有独钟。不管是小时候上坡割草放牛，还是去上学，每次从田间走过，心里总是感到如梦如幻，那些庄稼不是发出“吱吱”

的拔节声，就是在风中大声地歌唱，让我感到快乐和愉悦。不管是高秆的高粱玉米，还是矮棵的麦苗青菜，也不管水田的稻子，还是旱田的红苕……只要是庄稼，都那么好看，仿佛永远也看不够；它们的声音都那么优美，仿佛永远也听不够。有时不但白天看，就是晚上在梦中也梦见，那些庄稼美得如诗，如画。

尤其是在初春时节，在那暖暖的阳光下，农人们扛着锄头下到地里，挖地、播种，那劳作的姿势很美，美得像舞蹈家；那说话的声音也很动听，动听得像一位歌唱家。那脸上的笑容不言而喻，因为他们对土地倾注了全部的情，对庄稼浸透了所有的爱。这种无私的奉献，却悄悄地孕育着新的生命——庄稼，也传承着他们的豪放、淳朴、乐观，更传承着特有的美。

在种子播下后，从地里长出了嫩嫩的秧苗、油菜苗、青菜苗，那些细小的苗从泥土中探头探脑地钻出来，像刚孵化出来的小鸟用它的小眼睛惊奇地看着这个世界。虽然是春天了，但仍有霜有雾，人们会细心地给它们盖上薄膜或稻草，但那些小家伙好像天生就不惧严寒，纤细的身子总是偷偷地钻出来，在风中摇曳，像一个牙牙学语的孩子，正在“咿呀，咿呀”说着话，庄稼人就像这孩子的母亲一样，听得懂它们的话，听着听着脸上就充满幸福的微笑。

在油菜花开时，鼓胀的花瓣好像要从枝头喷射而去，散发出耀眼的金黄和浓浓的香味，恰如怀春的少女在尽情展示着自己的妩媚，吸引着蜜蜂在花丛中钻来钻去，不停地忙着采蜜。油菜地里的青草很嫩，那些青草的味道也很香，这个季节是养猪、养牛人家最喜欢的季节。不但大人们喜欢去菜花田里割草，就是我们小孩也背着背篼去到菜花中，一边割猪草一边玩耍，割着割着就打闹起来，你追我打，你躲我找，笑声歌声在油菜花田里飘散。可在玩了一阵后，累了就躺在油菜花丛中睡觉，等醒来时才发现地里的油菜被弄倒一半，少不了回家又要挨父亲的打，但那油菜花之美，却点缀了我美好的童年。

## 二

庄稼是山里人用汗水换来的，庄稼就是他们的命根子。从庄稼刚长出苗时，就像呵护自己的孩子一样，生怕它们冷着，生怕它们饿着，有太阳的天想方设法为它们搭棚遮雨，怕被太阳晒着；

吹大风时，为它们盖上稻草挡风，怕它们小小的生命经不起风吹；在下暴雨时，更是精心铺上薄膜，为它们营造一个像家一样安全且温暖的空间，怕它们被暴雨冲走。

记得有一次，我去坡上放牛，只顾和小伙伴玩，忘了看牛，不安分的牛却跑到草坪边的麦地里。那青青的麦苗让牛一下来了食欲，一瞬间就啃了好大一片，我被吓坏了，不知如何是好，在清醒后我气得用条子狠狠地打牛。可这事还是被父亲知道了，父亲脸都气青了，拿来起竹条就打我，还骂道："你这贪玩的家伙，只顾玩，却不好好放牛，让牛把庄稼吃了这么多，你知道不，庄稼是什么？是我们的口粮，是我们是汗水换来的，是山里人的命根子。"我说："全队这么多庄稼，牛吃这么一点点，有啥？"父亲更气了，越打越重，还更生气地骂我，我自知理亏，只有哭，不敢再说话也不敢跑。

庄稼虽然是生产队的，但所有人都像爱护自己的一样爱护着庄稼。虽然，那次父亲去给队长说了好多好话，队长还是在队会上狠狠地批评了我父亲，说他子不教父之过，平时性格暴躁的父亲，谁能当着这么多人的面说他，可在那次会上他却一言不发，任凭队长批评和群众指责，仿佛只有这样他心里才好受些。第二天，父亲却主动挑着肥料去给那麦子施肥，还抽空去给他淋水，在父亲的精心管护下，那被牛吃了的麦苗还是很快长了起来。在麦子收割后，我们家还是被扣了 30 斤麦子。

在山里，所有的庄稼，如豌豆、胡豆、四季豆、南瓜、高粱、玉米等，都是山里人用辛勤的劳动，用心血和汗水换来的，都是他们的希望。他们看到庄稼一天天长高，就像看到自己的孩子长大一样，心里总有说不出的喜悦。有时干活累了，也坐在庄稼地里歇歇；有时失眠了，也乘着月色去庄稼地里走；有时有啥高兴的事，也去庄稼里看看；有时有啥不开心的事，也去庄稼地里转转。

庄稼仿佛就是他们的知己，就是他们最亲近的人，庄稼虽然无语，但他们却听得见庄稼说话，庄稼也最懂他们的心思……

## 三

当初夏来临后，那些庄稼长高长大，有的开始拔节和扬花。秧苗、芝麻、高粱、大豆努力地吸收着阳光、雨露，一个劲地向上生长，它们在田地里暗暗地较着劲，看谁长得高长得壮。

这时从田地里传出的庄稼声特别热烈，有秧苗“咔嚓，咔嚓”拔节声，有大豆成熟炸裂的“叭叭，叭叭”声，还有芝麻“嘘嘘，嘘嘘”的梦呓声……听起来就像一曲庄稼的交响乐，让人听得心动，听得真切。每一株庄稼都把自己收拾得清清爽爽，都把自己打扮得漂漂亮亮，不管是白天还是黑夜，始终给人一种端庄、秀丽之美。尤其是水田里的稻子，在火辣辣的阳光下，展示出生命的活力，尽情地扬花、抽穗，在太阳落山后，它又在风中摇摆着，显得那么悠闲，那么的有情趣。

秋天是庄稼成熟的季节，也是最美的季节，这时候乡村的色彩和香味最浓烈。田里的庄稼叶子相互摩擦着，发出“唰唰”的声音，秋风一遍遍从庄稼身上，有滋有味有韵有律地抚摸而过，仿佛听到了一种声音，那声音是金属的撞击声，从田野里发出的，风中的庄稼动情地摇曳。

水田里的稻子在阳光下渐渐熟了，金黄的谷子吸引着鸟儿的光临，也许是风悄悄地告诉它的。鸟儿落在金黄的谷子上，旁若无人地啄食、饱餐，还有高粱、大豆、绿豆都熟了，惹人喜爱地挂在枝头上。在秋天的田野上，那些收获的农人们，挥洒着汗水，心中充满着收获的喜悦，脸上的笑容如这金黄谷子般灿烂。

冬天，虽然是万物凋零的季节，田里的庄稼几乎收割完毕，但菜园里却充满着绿意。本来是农闲季节，但农人们却闲不住，去到菜园里除草、施肥，忙来忙去。在雪的覆盖下，菜却顽强地生长着。在雪融化后，菜园里的菜变得更绿了。

土里的麦苗，也不畏霜雪，反而让冬天磨炼了它们的意志，努力向上生长，那细小的苗一天天变绿了，绿得让人看不够，绿得让冬日的乡村充满遐想。

## 四

农人们一辈子都在与庄稼打交道，庄稼苗开始从土里长出来的时候，他们比庄稼苗高，渐渐地庄稼苗就比他们高了。

庄稼什么时候播种，什么时候出苗，什么时候栽植，什么时候锄草，什么时候施肥，什么时候开花，什么时候抽穗结籽等等，他们光是听鸟叫声就知道了，当冰雪消融乍暖还寒之际，在天空上下翻飞的鸟儿在原野上呼朋引伴，叽叽喳喳，证明春天到了；农历谷雨前后，在人们的睡梦中，会有“布谷，布谷”声将你吵醒，该下种了；立夏过后，麦子一天天结籽成熟，旋黄鸟整天扯着嗓子“快割快割”，提醒人们快收快割，那满含警告性的叫声，让人们时时记着该收麦子了；白露节气一过，忙着秋收，荞麦、洋芋、晚玉米等掀起收割高潮，过后又是送冬肥准备种麦子。“咕噜，咕噜”的大雁一会儿排成一字，一会儿排成人字，从人们头顶飞过，预示着秋高气爽的金秋将尽，又一个充满遐想的冬天就要来临，田野中一片匆忙，车鸣马欢，冬小麦抢着秋后播种……

庄稼是农人耕种出来的，浸透农人们辛勤的汗水，所以庄稼是淳朴的，更是坚强的。不管是干旱还是水灾，庄稼总是毫无畏惧，总是顽强地生长。在风调雨顺时，它们更是默默地生长，不为名利、不为得失。只要有一寸泥土，就能生长；只要有一丝雨露，就能开花；只要有一缕阳光，就能结果……

我每次回到乡下，都要去地里看看庄稼，都要去地里聆听庄稼的声音，每个季节都会得到不同的感受和收获，每次都能听到庄稼不同的声音，但都那么美妙，都那么真切，更是那么动听！

# 五月

## 一

五月，在那如火的阳光下，田里的麦子成熟了，山里人打点着闲散的日子，开始收割沉积了一冬的期盼。一双双粗糙的手，惊喜地磨着手里的镰刀，犹如在磨亮那一个个甜美的梦境。

那是多年前，在外地打工的我，整天在厂里忙碌着，那烦躁的机器声仍在不停地响着，我却把它想象成一首五月的交响乐，让我枯燥的打工日子充满快乐和诗意。可我的心里仍在想着五月的乡间，那地里成熟的麦香是多么醉人，那刚发青的草像绿毯一样，点缀着我的梦想。我就盼望着“五一”节这天快快到来，能像长上翅膀一样飞回我的家乡。

在我打工的厂里，“七一”“中秋”“国庆”都没有放过假，可在“五一”节却放了假，我便如愿以偿地赶回家去。在小镇上下了车，沿着那条山路往家赶，一路上我看见了一个繁忙的五月，不管是山坡上还是小道边，处处都晃动着高兴而忙碌的身影。那麦田里飘来的阵阵麦香，在山里人的日思夜盼中突然浓烈起来，握着镰刀的手在太阳底下突然灵动起来，那挥来晃去的镰刀，闪烁着迷人的光彩。那一株株沉甸甸的麦秆在欢歌笑语中滑落，那一块块金黄的麦田，就在麦秆的疼痛中分娩，一粒粒麦子就是一个个希望诞生，一粒粒麦子就是一个个梦境凝聚。

回到家后，我就尽可能地帮年迈的父母干点农活，也更能感受到五月的乡间，那忙碌的脚步，那成熟的麦子散发出诱人的馨香，还有那田间劳作的人们的欢歌笑语。在这五月里，那村里村外，山上山下，都在麦浪的翻滚中，都在麦香的飘曳里，摇来晃去。那已经不再下地干活的老汉也拄着拐棍儿一挪一挪地走了出来，在村头那哗哗响着的树林边，抬头向远处眺望着那满坡金黄的麦地，满山的热闹使老人们久违的笑容又挂在脸上，那满地的“哗啦啦，哗啦啦”的割麦声，也似乎听得那么的真切。

## 二

村道边，姑娘们的脚步跟她们的心跳一样，变得有些急促不安。山里的小伙子的每一个收割动作，都那么的真实而感人，那割麦的手粗壮而有力，那挑麦的步子沉稳而轻健，那朴实的微笑真诚而含蓄……仿佛她们看到了麦子的分量。这时，她们故意显得很忙，也故意和人打着招呼：“你家的麦子真好！”“是啊，挑起来真沉！”孩子们，也从家里偷偷地跑到麦田里，随手抓起一粒麦惠，用手轻轻一搓，绿莹莹的麦粒便香喷喷地在小手滚动，再掐上几粒往嘴里一放，细细咀嚼，又香又脆，而且还夹杂着丝丝甜味。

女人们坐在家里悄悄地思忖着，今年能收多少麦子，麦子多了她们还要缝多少袋子，才能装完丰收的麦粒。是用旧麻袋还是用新编织袋？经过反复的思索，还是来一回奢侈，用新的更结实，因为刚收下来的麦粒儿沉，不结实怎么能行呢？

在明净的月光下，全家老小围着刚从山上割回的麦子，“噼噼啪啪”地打开了，麦粒便在这有序无序的响声中，如珍珠般滚出；麦壳便在晚风中，如蝴蝶轻轻地飞舞……这是山里人最能感到踏实的时候，因为自从麦子播下后，不知经过多少期盼和等待，不知经过多少守望和呵护，才有今天收获的喜悦与温馨，才有金黄金黄的麦子在眼前晃动，似乎有了麦子，山里人心里才踏实。于是，“噼噼啪啪”的响声，“嘻嘻哈哈”的笑声，从一个又一个的农家院里传出来，这家映那家，这村映那村，这山映那山，奏响了麦收时节的乡村交响曲。由此，乡村那初夏的夜晚变得神秘而清爽。

在一阵忙碌之后，男人们往往一倒在床上就呼呼睡去，女人们则在心里细细地盘算着：“今年政府给了新种子，镇上的农技员又下村来培训了种麦技术，加上风调雨顺，难怪今年的麦子收成这么好！”似乎觉得有了麦子的日子，一定充实而温馨，一定甜蜜而美好，一定和谐而幸福。想着想着就进入了梦乡，梦中看见了一只布谷鸟正从村里的大树上飞来，“布谷，布谷”的叫声，是那样的嘹亮而清脆。

## 三

记得有一年“五一”节，我与一同在外地打工的弟弟回老家，总想帮父母干点活儿。当我们回到家里，已是下午了，母亲赶忙从锅里端来热气腾腾的饭菜，父亲手里拿着一瓶老白干，放在桌上说：“等你们好一阵子了，菜饭冷了你妈又热，热了又冷了。”母亲说：“我想你们一定是因事起身晚了点。饿了，快吃吧。”我与弟弟二话没说，端起饭就吃起来。父亲说：“我们都还没吃呢。”我吃着母亲特意为我们准备的菜饭，又听父亲这么一说，已是下午四点多钟了，他们还没吃午饭，我不禁热泪盈眶。

于是，我赶忙拿过酒瓶倒了一杯给父亲，又递一杯给母亲，敬他们的酒。母亲说：“又不是过年，敬什么酒呀。你们少喝点，饿了就先吃饭。”我说：“对了，我们吃了饭还要去田里栽秧呢。”父亲说：“田里的秧子我已栽完了。”“那妈打电话来说不是要我们回来栽秧子吗？”母亲抢过话说：“我看你父亲一个人在田里栽秧，多累呀，我叫他休息几天，等你们回来帮着栽，他就是不听，还是早也赶晚也赶，赶着把秧栽完了，说你们‘五一’节放假，好好在家里休息两天。因为你们在城里打工，听说每天都干十几个小时的活，很累的。”我对弟弟说：“那我们去割麦子。”母亲说：“麦子也收完了。趁节假日回家来，一家人热闹热闹一下，不是很好吗？”

入夜，母亲叫我们早点睡，因为赶了车太累。可我怎么也睡不着，便起床走出家门，在小村里随便转转，只见那夜色掩映中的一幢幢崭新的小洋楼，还有那劳累了一天的人们，正沉浸在甜蜜美好的梦中。微风吹拂，使我的心情如田园流水般的轻松愉快。那城里的热闹与喧嚣，早已消失在远方，我似乎已沉醉在鸟鸣蛙闹的故乡五月的美景中，沉醉于有父母从小到大始终如一的关怀里，待我回到屋里，听见父亲那不停地咳喘声，随后又听见母亲小声地说：“小声点，别吵醒了两个娃儿，免得他们整日担心你呀。”我想过去问候一下父亲是不是病了，但听母亲这么一说，我那正要敲响父母卧室门的手，又轻轻地放下，转身到屋里去了，整整一夜，我却无法入睡。

第二天，我们只好帮父母干些挑水之类的轻活，也算尽到一点帮家里干活的微薄之力，但时时引得母亲说：“我来，这点活我干得了。”父亲说：“叫你们休息就休息，明天你们回城里去上班，又要整天整天地干，哪有时间这样闲一两天的。”说着，父亲又像小时候我们干错了事一样，用既凶巴巴又充满爱怜的目光瞪着我们，我们兄弟只好放下手中的活坐了下来。可怎么也坐不住，怎么也坐不安心。

过了两天，我们兄弟俩回城里去了，一路上我们没有说什么，只是沿着车窗看着五月那宁静而生机盎然的田野，眼前总是晃动着父母的身影，耳边总是响起父母的声音，我们的心情既像天上的云彩那么轻飘飘的，又像麦粒那么沉甸甸的。

## 四

我从小就跟着父亲在田间劳作. 对家乡的山山水水，风土人情，都倍感亲切。以前，我在家里干农活. 都是听从父亲的安排，每年开春后，父亲总是掰着手指头自言自语道：“正月立春雨水，二月惊蛰春分. 正月底下谷种。”父亲打着锄头下到冰冷的水田里，平秧田下谷种，我总是在田埂上帮着父亲一会儿拿着谷种，一会儿拿肥料，一会儿拿薄膜，干的是下手活，我还不停地问道：“在田里冷不冷？”父亲笑着说：“都立春这么久了，怎么会冷呢？”父亲播完谷种后，又小心翼翼地盖上薄膜，像把希望与期盼也播在里面一样．脸上露出了满意的笑容。我就时不时抽空去看看那薄膜里的谷种，渐渐地发芽了，发了芽的谷种又渐渐地长成了青青的秧苗，这就是五月了。

父亲就打着牛，扛着犁铧下到水田里，一声吆喝，牛在前面走，父亲紧握犁铧把，在后面紧跟着，那翻动的犁铧，在五月那灿烂的阳光下，闪动着粼粼波光……这时，我又看见年迈的父亲那握着犁铧把的手，没有以前那么有劲，那吆喝牛的声音，没有以前大声而响亮，我说；“爸，让我来吧。”父亲看了看我说：“你从没犁过田，怎么犁得成呢？庄稼收成好不好，跟犁田有很大的关系呢。算了，还是我慢慢地犁吧。”父亲说着又打着牛犁过去了， 我望着父亲的身影，心里为一辈子都视庄稼比生命还重要的父亲而高兴，但也为自己这么多年，一直都在外奔波，而没有好好地跟父亲学会种庄稼而难过。

乡间的五月，是一个非常忙碌的季节，不但要犁田栽秧，土里的麦子也成熟了，那金黄金黄的麦穗在微风中飘溢出淡淡的芳香，更是发出“吱吱”的声响，似在呼唤山里人，快去收割希望，收割梦境。

这下，多半是男人在田里犁田栽秧，女人在土里割麦。父亲不要我帮他下田犁牛，我就只好去到土里帮着母亲割麦子，母亲弯着腰在土里割，我身强力壮就只管挑麦子回家，山间小道上，到处是挑着大捆大捆麦子的山里人。山坡上，到处是割麦的人们，那幽默风趣的说笑声随风飘去，十里八乡，村里村外，真让人感到五月的乡间到处是欢歌笑语，到处洋溢着收割的喜庆。只是那火辣辣的阳光照在身上，好像要往骨子里钻似的，让人感到全身上下散发着欢乐与激情。

## 五

俗话说：“过了立夏，碰到亲家都不说话。”这更说明了五月的乡间有多忙碌。尤其是在田里栽秧，现在村里的年轻人，大多出去打工了，剩下的劳动力少，他们就三五家连在一起栽，一家栽一天，今天帮这家栽，明天又去帮那家栽，一块大田，如果一个人在田里转过三五天也难栽完。这可忙坏了家中的女人与孩子，女人赶着在家里煮饭弄菜，孩子得去商店买烟买酒，还得不停地往田埂上送开水。弄得屋里屋外，忙忙碌碌，热热闹闹。我说："爸，我已经回家来帮着栽秧了，今年您就别去与他们换活了，一家栽一天，也要三五天才能换完活儿，多累呀！"父亲笑着说："年年都是这样做的，今年你回来了就不去换活儿了，人家不说啥，我自己也觉得过意不去呢！"我没法说服父亲，只好让他去。这下，家家都是这样，整个村里都像过年似的，虽然劳累，但也觉得充实。

这几天，由于天气过于闷热，大家都觉得快下雨了，父亲也跟其他的山里人一样，白天去栽秧，夜里回来赶着去土里割麦子。太阳刚下山，我也跟着父亲一起去到山上割麦子。割着割着就看见天边那一抹红红的晚霞，将大地映得金黄金黄的，像天空中落下了满地金子一样，那么让人欣喜，让人陶醉。不一会儿，那一抹红霞又变成了浓浓的夜色，我说："爸，天黑了，看不见了，您回家吧，我在这儿割就行了。"父亲说："没啥，这些土里我已经干了一辈子活儿了，哪里有个沟沟，哪里有个坎坎，我还不清楚么？”

月亮出来了，那皎洁的月光如水地洒满了整个山村，那成熟的麦穗在月光下，变成了银白色的一片，微风中，只听见“咔嚓、咔嚓”的割麦声，比城里那光怪陆离的灯光下，传来的撩人心绪的歌声，还要感人，还要动听。这时，山那边传来一个孩子的叫声：“爸爸，回来吃晚饭了。”山这边又传来一个母亲的声音：“大娃子，回来吃晚饭了。”山里山外，一应一合，仿佛是在将五月的乡间点缀。

## 六

随后的几天里，我就下到水田里帮着父亲栽秧，也去到山坡上的土里帮着母亲割麦子，火辣辣的阳光烘烤着我，让我口干舌燥，身上的衣服总是被汗水打湿，湿了又干，干了又湿，总是感到腰酸背疼的，可迎着从田野与山间吹来的那一缕缕清新的五月风，心里又觉得那么舒畅，那么兴奋。我站在高高的山坡上，抬眼望去，整个田野里又像穿上了美丽的新衣，到处是嫩绿的一片。而山间土里那金黄金黄的麦子，也一下子被收割完毕，土里又是光秃秃的，如一双充满期待的眼睛，在盼望着勤劳的山里人，再去播下希望与梦境，为它也添上一道美丽的风景。仿佛一夜之间五月的乡间，就在忙碌的脚步声中，回归到往日的清闲，回归到往日的宁静，也由此变得更加的和谐，更加的殷实。

农事，就在这五月里，被展现得淋漓尽致。山，在播下种子或移栽了玉米苗后，似乎变得更有灵性。随着一阵阵“滴滴答答”的细雨，随着一声声脆嫩的鸟啼，田野里的刚栽的秧苗转青了，山坡上的豆子抽芽了，土里的玉米疏叶了。

五月，就在坡上坡下，田里土里，被山里人的那双勤劳的手，描绘成了丰盈充实的日子。

# 夏季抒怀

当火辣辣的阳光直直地从山顶上照下来，老屋后面的树荫绿成了夏天独特的风景。

在夏天里，山野上各种鲜艳的花朵像小孩子捉迷藏般的躲在了绿叶丛中，嫩嫩的枝头不知何时又挂上了青涩的果。人们对夏天特别地钟爱，丝毫没有被闷热吓着，该干的活儿照样干，全身上下充满火一样的激情。大人们总在忙不完的农活里穿行，施肥、插秧、收麦、种豆，忙完了水田忙旱地，似乎越忙越有劲。

夏天是大人们的夏天，春天播下的种子在夏天火辣辣的阳光的烘烤下，都纷纷长高、开花、挂果。那田里栽下的秧子，眨眼间就长得青青的，正要扬花似的；那土里的玉米苗，没几天就长得高高的，有的还背上了“娃”；土里的南瓜藤，转眼间就开出了黄花，并结上了小小的瓜……但现在需要除草、需要施肥、更需要庄稼人细细的呵护。山里人就一边劳作，一边看着这些田里土里的庄稼，即使汗流满面，心里也充满了无比的欢乐。

夏天是一个忙碌的季节，即使再热再累，勤劳的人们也不肯歇歇。天刚蒙蒙亮，人们早早地被小鸟那清脆的叫声唤醒，即使还在蒙胧的睡意中，也总是翻身起床来忙各人的事儿，男的一般都扛着锄头下地，妇女背上背篼上山砍柴，有的小孩也同大人一起上山割草或放牛，留下小姑娘或老人在家煮饭。一大清早，山上山下的说笑声、吆喝声，伴随着农家院里袅袅升起的蓝色的炊烟，在山间萦绕着、回荡着，毫无遮掩的太阳又一跃而出照射在大地上，人们知道今天又是一个大晴天。

夏天仿佛是小孩的夏天，每当天刚大亮后，不管母亲怎么呼唤仍睡不醒似的，唯有蝉那清脆而动听的歌声，一下子就能把孩子从睡梦中惊醒，那躲在屋后的竹林里的蝉的叫声，清脆而洪亮，动听也缠绵……点缀着我童年的梦境。随后便上坡去放牛或割草，等父母安排的活儿干完了后，太阳也渐渐地大起来了，大人们也坐在树丛中或屋檐下乘凉，而我们小孩子便可以自由自在地玩了。

夏天最好玩的地方是屋后的那一大片竹林，好多邻近的小孩都来到这里玩。于是，我们在竹林里嬉笑玩耍，盛夏的阳光金黄金黄的，透过细密的竹叶，洒下一地斑驳的光影。胆大的男孩爬上高高的竹梢，顺势将竹子弯下来，女孩们将竹子的枝条紧紧缠在一起，编成一个环。我第一个坐上这“秋千”，大家手一松，在我开心的惊叫声中，竹子就弹上去了，而后还得有个男孩子爬上去，再将竹子压下来，再换另一个小伙伴。大家在“秋千”上来回荡着，欢笑声飘出竹林，惊飞了一群野山鸡，连不知疲倦的蝉也惊讶得屏住了鸣叫……

当我们玩热了玩累了后，一个个汗流满面，全身衣服都被汗水湿透。不知是谁说了一声：“走，我们去竹林外的小河里洗澡去！”大家就不约而同地跟着向河边跑去了，男孩子们纷纷脱下衣服跳进小河里，女孩子则蹲在河岸边用手打着水、用水洗着脸……虽然河水不深，大家还是十分高兴地在小河里游来游去，浪花飞溅。虽然大人们想尽一切办法不让我们下河洗澡，但也许我们都在这小河边长大，沾了河水的灵气吧，大家似乎都会游泳，如鱼一般在河里游来游去，欢笑声、戏水声，沿着小河飘荡开去。

当太阳缓缓地从山顶上落下去，大人们也开始扛着锄头、挑着粪桶在地里干农活了，有些倒斜的太阳光似乎温和了许多，地里的庄稼用干渴的嘴吮吸着大人们泼下的一瓢瓢水，像刚刚解了渴一般，似乎一下子就来了精神。最懂得庄稼的山里人这时更是心情舒畅，在轻轻吹拂的晚风中，尽情地感受着劳动带来的快意，也感受着庄稼带给他们的欢愉与梦想。为地里那半人高的玉米除除草，给绿毯般的红苕翻翻藤，把悬在山崖边的南瓜藤理顺……直到一轮明月冉冉东升，大地铺上一层银辉，夜幕笼罩山野时，他们赤着一双黑红的脚板，踏着弯弯曲曲的小径归来。

在回家吃过晚饭后，往往还不能闲着，得去田里看看，哪些田里有水，哪些田里没水，村里刚修好的水渠，现已引来了灌溉用的水，今晚该轮到哪家放水灌田，明晚又是哪家，他们心中有数，从不争吵，有时还相互谦让。当轮到自家的田里灌满水后，高兴地下到田里，感到从未有过的凉爽，仿佛还听见秧苗那“吱吱”的吮吸声，等到夜深人静田里的秧苗挂满了晶莹的露珠，才匆匆地回到家里。

夏天的夜更是迷人，老人摇着扇子，给小孩讲些上不沾天下不着地的“童话”，听得小孩时而大笑，时而挖根问底；女人们总是围坐在村口，一边乘凉一边拉家常，嘻嘻哈哈的笑声，在整个山村里回荡；男人们多半独坐在自家的院头，一边抽烟一边听着人家闲聊……有时也去到老家屋后被月光映照的菜园前，看着满园的菜在月光下变得更绿了，在晚风中变得更加顽皮，于是，忍不住蹲下身去用手摸摸，再用鼻子闻闻，那淡淡的清香飘散开来，让人久久沉醉在夏天的梦境里。

这时，依稀听见那月辉里传出悠扬的笛声和二胡声，还有歌声、笑声，把这夏天的夜点缀得格外的温馨，格外的迷人！

# 故乡的秋天

转眼间，又是秋天了。经过春的绚丽，夏的热烈，秋天用温柔平和的心境给人们带来一片清凉。

在这秋天里，不管是在地里干活还是在田间漫步，都有微风悄悄吹来，送来凉爽带来欢心，那沉寂了一个季节的乡间，也似乎变得热闹起来。人们站在田地边，放眼望去，一幅生动的“秋日丰收图”映入眼帘：田地里，高粱涨红了脸，稻谷压弯了腰；院坝边，梨树上的果子也成熟了……看着这个成熟的秋天，闻着醉人的芳香，人们在尽情享受着丰收的喜悦。

在我的记忆中，秋天充满着浪漫。山间有永远也散不尽的雾笼罩着，那经过努力攀升的太阳要到中午才照进山里，小伙伴们常常在雾中捉迷藏，人在雾中跑，欢笑声在山间回荡，等到玩累了时，再去偷摘一个梨子吃，也不会被人看见。等到太阳照亮山野时，已是中午时分了，我便躺在那河岸边的草坪上，望着天空中那碎絮似的白云，悠游而舒展地飘浮着，还十分惬意地说一句："秋天真好！"

这时，人们便高兴地去到田野里，开始秋收。首先是去到田埂上收割沉甸甸的高粱，这是在为收割田里的稻子做准备，好让田埂在收获稻子时畅通无阻。在忙碌了好一阵后，农民做累了也口渴了，便跑到院前的梨树上去摘几个梨来吃，啃一口甜甜的解渴又开心。难怪文人墨客形容秋天的词语常用"秋风送爽""硕果盈枝"，这便不难想象到，秋天不但是一个硕果累累的秋天，更是一个富有诗情画意的秋天。

秋天最热闹也最有生气的就是在田野收割稻子了。农谚道："立秋十天满田黄"。一般都是三两家人换活儿，男人们在田里割谷子的努力割、挞谷子的使劲挞、挑谷子回晒坝的来回往返地挑……总之分工明确，又看似合作得那么完美，有说有笑，笑声在挞谷声中显得是那么的和谐。妇女们一边帮着做饭一边在晒坝晒谷子，忙碌而愉快，因为平时很难在一起拉家常，这时打开了的话茬儿似乎再也无法停下来，说话声一拨高过一拨，小院顿时变得热闹而温馨。

当田里的稻谷收割完了后，秋天的太阳似乎也变得温和了许多，男人们便打着牛下到田里犁田，因为有“七月犁田一碗油，八月犁田半碗油”的说法，在秋雨来临前把田整饬好，方便蓄水，在来年开春又好播种。妇女们则在晒坝晒谷子，这时的晒坝似乎就成了秋天最美丽的风景了，她们欢快的笑声，在秋天的阳光下像溅落珠玉般悦耳动听。

人们把晒干了的谷子装进粮仓之后，院坝也像田野一样显得格外的空旷。秋夜里，在那明净如水的月光下，一家人坐在坝子里，在晚风的吹拂下，感受着收获带来的欢愉。仿佛在心里计划着，卖了粮食又该去添置几样新家具了，才能与新修的楼房相匹配。也该给在省城打工的儿子儿媳送一袋新米去，让他们品尝品尝收获的喜悦。

也有人去到刚收割完的田野上走走，刚收割完稻谷的田野显得空空荡荡的，那还未散尽的稻香随着徐徐的秋风扑鼻而来，前面不远的地里的苞谷林“哗哗嚓嚓”的响，那是秋风吹动苞谷叶发出的碰撞，更是欢心与喜悦的碰撞，使得心中乐滋滋的。抬头看看天空，月光含情脉脉地照在大地上，虽然没有春那样妩媚，没有夏那样刚烈，但却显得成熟而温柔，像少妇，能给人一片柔情，一个梦想。

突然间天空就飘来一场秋雨，秋天的雨不温柔，也不热烈，慢悠悠地飘洒而来。人们似乎也跟这秋雨一样，显得悠悠闲闲的，不是泡上一碗茶独自在院子里坐坐，就是跑去村口的老院子里与人一边喝酒一边聊天，雨不但浸润了干渴的田野，更像是在浸润着人们的心灵。虽然雨水洗去了收获后的热闹与烦琐，但却洗不去人们心中的喜悦与温馨。在一连下了好几天雨后，那刚整好的田里也蓄上了水，就像蓄上了明年播种的希望。高兴之余，人们似乎这才发现秋天凉爽了许多，秋天也深邃了许多，秋天的色彩更是浓了许多。

于是，人们去到田间地头劳作时，才发现山坡上红、黄、灰色的干叶铺了一地，踩在干枯的叶上，发出“咯吱咯吱”的声响。林间还有一些雀鸟在跳跃啼鸣，更显出林中的寂静。田边地头的野菊花开了，一簇簇，一丛丛，一片片，密密地嵌在藤茎上，鹅黄色，在秋阳的光照下，耀眼明亮；那片林子里的几棵枫树的叶子，也由深绿转为浅红，由浅红又转为深红，在秋天深蓝的天空的衬托下，红枫像一把巨大的火炬，在秋阳中熊熊燃烧！

秋天，仿佛被秋阳燃烧得五彩斑斓！

# 冬天

转眼间秋已离去，冬天不经意间到来了。

在这冬天里，清晨那一轮橘红色的太阳从山顶上慢悠悠地走来，给冬天的大地涂抹上了一层霞光，整个大地都充满着暖暖的、淡淡的、美丽的色彩。然而，这丝丝缕缕黄灿灿的阳光，赶走了山间环绕的白雾，驱散了雾障霜凝的朦胧，像一个老人用和蔼和慈爱的微笑，收纳了一切喜怒哀乐，包容了所有的兴衰枯荣，让那有过春生、有过夏长、有过秋收的大地，在冬天仍旧充满着欢乐与温馨。

抬眼望去，老屋外那两棵梧桐树上的叶子也变得五彩斑斓，它们等待了整整一个季节，终于变得成熟了，终于可以展示一下自己了。微风一吹，飘飞的树叶像掠过窗外的鸟儿，不断地拍打着古老的窗台。整个房前屋后便铺满了落叶，遍地都像铺上了彩色的地毯。仰望树上那些枯瘦的枝丫，树梢上留下的稀疏的叶片，它们在风中不停地飞舞着，好像一只只彩蝶。

冬天，微风里总是夹裹着丝丝凉气，大地被一层缥缈的轻纱笼罩着，那淡淡的烟云在浓雾里飞舞、弥漫着，浓雾下，一切都变得朦朦胧胧，空气是那样的新鲜，沁人肺腑，深深地吸一口，甜丝丝，冷冰冰，爽到心底；那些耐寒的花草树木还依然展露着秋的风姿；枫叶在鲜艳中透着高洁，以红色显示生命的灿烂；小草青青，在冷清中渲染了绿意，向即将来临的冬季释放出最后的美丽。

冬天的山坡、田间、原野，给人一种萧条而迷茫的感觉，变枯变黄的树叶似乎在微风中飘落。天空逐渐开阔了许多，没有了云卷云舒，极目望去，很难找到大片的云朵，只有零星的几朵藏在某个角落。远处的大山，像一个男子汉似的，高高地站立着，袒裸出坚韧与挺拔。人们不再为收获而忙碌了，似乎更加轻松愉快地走进这初冬时节，寻找只有在冬天才有的梦境。年轻人偷偷地跑去山野田边，不是去劳动，而是尽情感受着只有在初冬的阳光里，才能储蓄的梦想与憧憬；老年人却端个凳子干脆静坐在院坝里，尽情地享受只有在冬天的阳光里，才有的温暖与回忆……

在这冬天，浓重的白霜盖住了田块、农舍，还有孩提时放牛割草的草坪，儿时与小伙伴们放牛时暮归的歌声，还有捉迷藏时的欢笑声。透过太阳照亮的薄雾，山下那一幢幢新修的小洋房里，充满着欢乐与温馨，也似乎在这雾中飘散着；那新修的从村里通往镇上的宽阔平整的乡村公路上，汽车那刺耳的喇叭声，像一首欢快的田园交响曲。

在冬天偶尔也会迎来一场小雨，乡间那铺满落叶的山路又变得多彩而充满诗意。有些怕冷的老人，早早地穿上了厚厚的棉衣，皱纹巴巴的脸上，总是充满着期待与盼望。垂柳，这最具女性气质的树种，枯黄的发梢，随着冷风，起起伏伏，好似摇晃着萧条落寞。冬天的雨虽不像春天一下就停，也不像秋天的雨那么缠绵，而是多了一些寒冷和孤寂。前几天还穿着时尚秋装的女孩子，也无奈地拿出厚厚的冬衣，搓着手，跺着脚，逢人便说：“好冷啊！”

但往往在下了一场小雨后，冬天的阳光又显得格外的迷人。

那悠闲了一个季节的山里人，在田野里高兴而熟练地播种着麦子，一粒麦子就是一个生命的诞生，一粒麦子就能孕育出无数个希望。在麦子播下后，他们会围着火炉，温上一壶酒，慢慢地品味着初冬里的悠闲，品味着冬天里的充实。

然而，在这冬天里，阳光似乎是在告诉人们，不久将迎来更加寒冷的深冬，不久还会迎来一场大雪，但似乎也在告诉人们："如果冬天来了，春天还会远吗？"更在让人们懂得冬天冰雪的覆盖，是在孕育着生命。因为经过春天播种的热闹，经过秋天收获的欢乐的他们，似乎更加懂得冬天才是一个孕育着梦想，蕴藏着生命的季节。没有冬天，哪来春天和秋天？没有冬天冰雪的覆盖，哪来春天的百花盛开；没有冬天的守望与期待，哪来秋天的稻子飘香……

那清澈得让人觉得有些寒冷的冬水田，似乎在为失去的春的躁动、秋的收获，更为早早到来的冰雪的覆盖而失去了信念时，也让它看到了希望。因为在这暖暖的阳光下，鱼儿又开始在水面上游动，鸟儿又在空中飞翔，水波又在微风中荡漾。那高高挺立在山坡上的树，那光秃得如裸露着筋骨的树干，就像一个男子汉一样，支撑起山里人的信念与希望。

从那挺直的树干上，人们似乎看出它是在积蓄着所有的力量，好在来年的开春后长出新芽！

# 第三辑　情怀

在一阵欢乐之后，我和小伙伴总在树上一会打秋千，一会捉迷藏，然后，就在树丫间躺着，但不能睡着，因为睡着后怕不小心掉下来。仿佛我感觉到这些树，有着和我一样的心跳，虽然默默无语，但在树的身体里，蕴藏着火一样强烈的生命力，更是饱含着对大地、对阳光的一分感恩之情……

# 稻子飘香

## 一

过了立秋，田里的谷子渐渐熟了，到处飘着稻子的馨香，金黄金黄的稻子在微风中摆动，整个大地呈现出丰收的喜悦。

稻子养育着一代又一代山里人，也喂养了朴实美丽的村庄。稻子从播种到成熟是一个艰辛的过程。从记事时开始，我看见家屋外的那一块块水田里，总是满满地蓄着亮汪汪的水。为了开年后能播下种子，父亲在头年收割后就打着牛十分认真地整田，那时一般都是三犁三耙，好让田能蓄上水。开春后，在那暖暖的阳光下，父亲高兴地在田里播下谷种，似乎就播下了希望，然后就用等待的阳光，用梦想的雨露孕育着种子的萌芽。

在秧子渐渐长高的时候，又开始整田栽秧，栽秧时的乡间最热闹，田野上村里人三五成群，笑语盈盈地排成横行，仿佛他们的手就是画笔，不停地点插，没几日村里的一块块水田被涂满碧青的颜色。孩童时代，在父亲的教诲下，我也与稻子结下了不解之缘。父亲在田垄里插秧，我就自告奋勇地去帮忙。走在秧田里，黏性的泥巴，让自己的脚很难从泥里拔出来，使劲地拔出脚后，却让田里的泥水四溅，把自己弄成了“大花脸”。好不容易插上一株秧苗，却是歪歪扭扭的。母亲在旁一个劲儿地表扬我说：“插得很不错！”听了母亲的“表扬”，让我颇有自豪感和成就感，插秧的兴致也更浓了。

我的老屋前就是一望无际的田野，紧挨着老屋的田块就是我们家的责任田。每天放学回家后，我都会搬一把椅子和一个小凳子，来到稻田边，坐在小凳子上，将作业本放在椅子上写作业。当我看到我插的秧苗在风中向我微笑时，心情也就愉悦起来，写作业的劲头更足了。有时，作业写累了，还会搬来一把躺椅，放在田边，让自己低到尘埃里。在初夏的阳光下，目光与秧苗一同仰望蓝天白云，仿佛自己的身体与秧苗一起沉到泥土里，自己也似乎幻化成一株秧苗，呼吸着清新的空气，与秧苗一同进入了甜美的梦乡。秧苗在成长，每天都有新的感觉，好像就在不经意间，秧苗已经拔节、分蘖了。

在夏天火辣辣的阳光的照射下，田里的稻子扬花了，虽然田野里的稻花没有初春时山坡上的花朵那么耀眼，但一样的引人注目，更是让山里人高兴。每当这时，我也跟着父亲在太阳落山后去田野里转悠着，听着满田的蛙鸣，我便下到水田里，悄悄走进蛙鸣的地方，认真地看着能唱出如此好听的歌声的青蛙，原来青蛙也是这样的好看，碧青的，有着健美流畅的曲线，鼓着一双灵动的大眼睛，金色的眼环，水盈盈的目光。可不小心，脚却弄出了声响，田里的青蛙“扑通”一声钻进了水里，田埂上的一只美丽的青蛙也纵着小巧的身姿，一跃，惊开一小片涟漪荡漾开去，再惊开一小片稻香，扑到了鼻子里。

转眼，田里稻子熟了。当日夜期盼的稻香从田野真正飘来时，父亲似乎不相信这稻香是从田野里飘来的，而是从那长长的期盼和等待中飘来，从那焦渴难耐的守望里飘来，如这秋天里晃动着的五彩斑斓的梦境，晃得心绪躁动，晃得心潮起伏。便跑去田野里，去真真实实地看看、闻闻，似乎才真的相信。然后用拉长的声音大声呼喊道："稻子熟了——"喊声就像稻香一样在微风中，飘曳着、回荡着。

稻子熟了，稻香飘曳。这是我觉得山村里最美也最好玩的时候，雀鸟们也在田野里翻飞跳跃着、歌唱着，似乎也感受到了丰收的喜悦。红蜻蜓们也在田间的水上低飞，它们是那么轻盈，是那么美，似乎在为稻子的飘香尽情地舞蹈。在晨露滴落的早上，或者微风吹拂的黄昏，我和小伙伴们在田野是奔跑、打闹、捉迷藏……仿佛那金黄的稻子映衬着的田野，就是我们快乐的天堂，那有稻香点缀的朝阳或晚霞，就是我们如诗的梦想。

## 二

好像在一切都还没准备好的时候，田里的稻谷就真的熟透了。

大人们便开始收割稻谷，他们总在心里盘算着，是三五家换活儿互相打，或是请上亲戚朋友帮忙打，如没有其他事干又有劳力的人，就干脆自家几个人慢慢地打……总之，这种气氛并不亚于过年过节，因为不管秧子栽得早与晚，到这时田里的稻子都一样的成熟。

在那如火的秋阳下，他们闻着田里稻子那醉人的清香，不约而同地踏着晨曦出门，那沉静了一个季节的田野里又开始热闹起来，家家户户，男女老少都像过节一样走了出来，都在田野里忙碌着。男人们在田里用镰刀割着稻子，或用木斗“噼噼啪啪”地拍打着，而我们小孩子则在田埂上跑来跑去端茶送水，妇女们在家做饭和在晒坝里晒谷子，整个村里忙碌得就像一幅画，也像一首诗，更像大家都在齐奏一首丰收的交响曲，将山村点缀得热闹而温馨。

田野上时不时响起了打谷子的“咚、咚”声，还有山里人那粗犷而欢快的说笑声。这时，凡大人教育小孩子都说：“打谷月，放学后要早点回家来帮着做点事哟！”如果哪家的男人起来得晚了点，总有女人叫道：“打谷月，早点起来嘛，好把田里的谷子早点打完！”一般女人很早就起来了，把饭做好，还把猪食弄到锅里煮起，然后拿着镰刀出门去了。在黎明前的稻田里，响起了一片“嚯呼”“嚯呼”割谷的声音。天刚放亮，男人一趟一趟地扛着斗、挑着箩筐来到田边的时候，女人们已割起了一大片谷子了。

在打谷子时，如果是一家人自个儿慢慢地打，管它下雨还是天晴都没啥，如果晴天就边打边晒干，下雨打得不多在屋里也能摊开；要是请人帮忙打和换活儿打就麻烦了，几亩地的谷子一天或两天打完，如果是晴天，还能摊干水分，如果遇到下雨，就会生秧。所以，在打谷子时谁都希望太阳大点，哪怕是晒得打谷子的人们汗流浃背，但心里也乐滋滋的，比吃了蜜还甜。

不管白天打谷子打得有多累，只要是亲戚朋友在一起，晚上总要喝几杯列酒。几杯烈酒一下肚，所有的疲倦和劳累都似乎烟消云散，高兴地喝酒，大声地聊天，这种氛围并不亚于过年过节。不喝酒的女人们，坐在院坝里拉家常，院坝里的月光像牛奶一样，细腻、柔美，将院坝映照得白白的，堆在院坝里高高的谷堆，总是让她们看得那么兴奋，总是看得如痴如醉。然后，不知谁说了一句笑话，把她们逗乐了，笑声就如院前的小溪水一下子荡漾开去，在山村里久久回荡着……

后来，山村里兴起了用打谷机打谷子，比起原来用斗一把一把地打要先进多了，打谷机的很有节奏的叫声，像唱起了一首首欢快的丰收曲，使山村里的打谷月就更热闹了。随着打谷机不停地转动着的，农户们一家挨着一家轮流打。每次打谷子，几乎都是全家人披挂上阵，父亲往机子里入稻秆，哥哥姐姐在抖稻草、扒稻籽，其他人捆稻草的、堆垛的，忙得井井有条。

随着全自动的收割机开进村里，这打谷月似乎就变成了打谷周了，不管再宽的面积，只要收割机一过，就只见稻草整齐地摆在田里，谷子就像喷水一样喷洒在机上的斗里，再不需要人去割和打了，农人们只把谷子挑回家去晒就行了，以前从开斗打谷子到收斗时基本上要一个月，现在几乎只要几天时间了。

过去那些打谷子热闹而欢快的场面，也渐渐地远去，消失在了记忆的深处。

## 三

在这个时节里，大人们通常会非常团结，更是多了平日里很难体现出的互帮互助，就是平时没怎么来往的人，只要看见也会多一些关心，问道：“你家的稻子收割完了没有？”“还没有哟！”“没事，我家的今天收完了，明天我来帮你收吧！”他们似乎不问什么原因，也不管是亲戚还是相邻，只说一个字“帮！”

真是人有情，山有情，水有情，阳光更有情，一连好几天都没有一点要躲起来的意思，似乎是在让人们放心地收割，不要为下雨谷子晒不干而苦恼。不管是哪家先收完，都得去帮助没收完的人家，有劳力的人总是去帮助没有劳力的人，有时大人们去了，我们小孩也跟着去，主人对我们也特别的好。由此，让人感受到这亲情、友情、乡情，也在你帮助我、我帮助你中变得浓浓的。

没几天，田野里的稻子就收割完毕，人们把稻草放在场地上翻晒。那时节，整个村庄就成了金色的海洋。仿佛这时稻香仍在风中飘曳，我们就在稻草间钻来钻去，直到臭汗淋漓，再躺到那用稻草堆积的金色的波浪上，听蝉在树上轻唱，看鸟在头顶上翻飞。这时，乡间的田野里又多少显得有些空旷，更多了一些温馨。夜里回家后，在那明净的月光下，金黄金黄的谷子在我的院坝里堆成了一座座小山。然后，父亲摇着蒲扇听着爷爷高兴地说着今年丰收后的构想：等谷子晒干了就请匠人修楼房，在房子修好后就为你三弟把婚事办了，到时请上亲戚朋友、乡里乡亲，热热闹闹地大办三天，因为今年谷子丰收了，有了粮食吃啥都不怕了，说什么也得喜庆喜庆。这时，一阵悠扬而动人的歌声从山那边传来：“我们坐在高高的谷堆旁，听妈妈讲那过去的故事……”

在谷子收完后，明亮的月光映照在高高的谷堆上，晶亮晶亮且金黄金黄的，显示出山村里的富饶与充足，更显示出人们的勤劳与朴实。人们总是坐在高高的谷堆旁，说着耕种的艰辛，也说着收获的欢愉，话语中对来年充满着期待与梦想。说着说着，似乎越来越兴奋，就干脆起来去到田野上转转，那刚收割后的田野上，既宁静又热闹，既杂乱又有序。偶尔，脚步惊起了草丛里的小飞虫，有展翅的声音，近旁的蟋蟀也屏住了呼吸，停止了吟唱，猛一转身，看见月亮竟掉在了水里。

和着稻子的飘香，却更加的醉人！

# 小镇

## 一

在我的记忆中，小镇上那沿街低矮的房屋，在视线的尽头一个劲地延伸。那沿街的摊点，正在花花绿绿的色彩里，如花般竞相开放。那被踩得光溜溜的石板路，在拥挤的人流中，消失在如烟的岁月里，但反射出厚重的光芒。

儿时，小镇是我梦中的“仙境”，我不知在多少次欢乐的梦中，梦见过小镇在我想象中腾飞，在我的期待中定格，在我的渴望中摇来晃去。春夏秋冬，寒来暑往，小镇总在古朴而幽雅的氛围中，开始着每天那精彩而热烈的故事；在平凡而清闲的日子里，重复着昨天的那真实而虚无的细节……每一个故事，都活灵活现；每一个细节，都真实感人。

小镇里的小巷大都比较窄，最窄的地方仅两三米宽。巷道的路面由石板铺成，石板早已在人们的脚下磨出了千年的印迹，石板或高或低，人的脚步光顾得少的地方早被青苔垫上了厚厚的一层。被雨淋洗过后的石板干净得没有一点泥垢，走在上面，十分舒心。街道两边的木门相对而开，在岁月里伤痕累累，或被调皮的孩子划出无数的线条，或被雨水侵蚀而腐坏。门口坐着白发苍苍的老者，会在木椅上或双目紧闭，或把视线随巷道的行人一起移动，直到消失在巷道的尽头。

镇上的河水豆花就像清清的河水一样，白白的，嫩嫩的，还在太阳下闪耀着粼粼波光。再加上老板娘那拉长的、甜甜的叫声："吃河水豆花，吃河水豆花啦！"我便经不住"诱惑"似的，硬要嚷着去吃一碗，才觉得这回上街没白来，可舍不得钱的母亲总是不肯，还说回去给我煮更好吃的豆花。还有那些卖小玩意儿的，每当我从他们身边走过时，他们总要弄得那些玩意儿叮当作响，我又想买，可母亲仍舍不得紧紧拧在手里的钱。

不知小镇上的河水豆花源于何时，听大人们说也有很多很年的历史了。当时小镇上卖河水豆花的有好几家，可在那连饭都吃不饱的年月，又有几个乡下人舍得花一毛钱去吃一碗河水豆花呢。其他的几家都改行做别的生意了，只有这一家却坚守着“祖业”，不管生意好与不好，都照样卖着河水豆花。

尽管小镇上的河水豆花好吃，可我真正吃到小镇上的河水豆花，还是我在镇上念初中的时候。那是上学的第一天，我就跑去吃河水豆花。虽然这河水豆花吃起来，跟母亲在家里做的没两样，但吃着却是另一番滋味。那曾不止一次在梦中飘浮的清香，那曾不止一次在我眼前晃动的白白的、嫩嫩的豆花，真正的让我陶醉了。

二

在小镇上，最古朴、最典雅、最有情趣的不外乎就是茶馆了。

小镇上的茶馆大多坐落在小镇临河的街头街尾，那些摇着小船来小镇赶集的山里人，总是把船往岸边一靠，便走进岸上的茶馆里，泡上一碗茶，与同桌相识或不相识的人，天南地北地聊上大半天。

小镇人自古以来，对茶情有独钟，记得小镇上最鼎盛时期有一百多家茶馆，是人们休闲、娱乐、交流的好去处，不管是探亲访友，商贾往来，年迈长辈，劳作后的年轻人，甚至妇女也如此，人们一见面，都有一句口头禅："走，喝茶去！"

在茶馆里，人们只要往茶桌上一坐，五角钱一碗的盖碗茶便端上来，揭开盖子一看，嫩绿的茶叶还在游移，一股清香扑鼻而来，诱得你情不自禁，呷上一口，连声赞道"好茶，好茶！"这声声好茶作了开场白，随后你一句，我一言就说开了。有人说，李某的儿子聪明，用挣来的钱，修了一幢三层楼的洋房。还有人说，王某的儿子"歪竹子生正笋子"长得帅气，找了一个广州妹……有的传递从外面带回来的新闻，有的说天文地理。天南地北无所不谈，天上人间无所不论，各个高谈阔论，皆大欢喜。

尽管我对小镇的记忆很多，但剃头匠王聋子留给我的记忆最深。他穿得破旧，时常身上穿一件早已褪了色的旧中山服，脚上总是那双烂黄胶鞋，几乎每天都一个样，几十年如一日。但王聋子在镇上也算是一个"名人"，不管是大人或者小孩都认得他，凡说起剃头匠王聋子，哪个都好像比了解他自己还要了解王聋子似的。

因为王聋子每天都开门摆摊剃头，这样就方便乡下人在他那儿落脚，有时在他那儿坐坐，有时也放个背篼、箩筐什么的，他总是热情相迎，从不说个不字，深得乡下人的好感。虽然王聋子耳聋，但他能从别人口型判断出在说什么，赶集的人来时他总是打声招呼，走时总是叮嘱千万别拿丢东西。

我爷爷就是这样认识王聋子的，也就因为这样才和王聋子有了一定的交情，说交情也没什么大事，只是每个赶集天赶集时，爷爷就在王聋子的铺子里落落脚，放放东西，但爷爷包括我的头发几乎都在王聋子这儿剃了，也好还他一个人情。

小时候，我最怕王聋子剃头，因为不管我愿不愿意，他总是三下两下，就把我变成了一个“小和尚”似的光头，剃好后我少不了要骂他几句，可他总是笑笑说：“小娃儿剃光头，好洗又凉快嘛！”

在那时，镇上别的剃头摊上冷冷清清，而他的剃头铺里却人来人往，谈笑风生，就是等着剃头的也一个接一个。那时王聋子这个剃头手艺，不知有多少人羡慕，也不知有多少人缠着要学，可他就是不教。爷爷却常对我说："长大去跟王聋子学剃头吧，别人说他肯定不教，如果你去学，他肯定会教的。"

其实，王聋子剃头也不是不讲人情，也不是他耳朵聋就不明白事理。在我上初中后，我更害怕去王聋子那儿剃头，怕他再给我剃成光头，可爷爷硬要我去王聋子那儿剃，最终没犟得过，还是去了王聋子那儿剃头，可他三两下剃了后，我一摸却让我吃惊，头上居然还有头发，并不是像以前一样给我剃成光头呀，再拿镜子一照，给我剃了一个好看的平头，这次我没有骂王聋子了，而且还从心底感激他呢！

后来，我去了外地上学，也许是对故乡的思念，也许是对小时候记忆的追寻，每次在回老家之前，总不去理发店理发，专门留着回家时去小镇上王聋子那儿剃。这时王聋子虽说已六十多岁了，但他剃头时动作还是一样的利落，三两下就完了，他那熟悉的双手和熟练的动作，让我感到一种亲切。

## 三

小镇还出过历史上著名人物刘天成（1733-1797），字乙斋。是嘉庆皇帝的老师。他主张革新治国，改革风俗，男女平等，推动了社会发展。为官清正，和自古最大的贪官和珅斗争激烈，断了其四川财路，惩治了一批贪官；1795年，八十五岁的乾隆听信和珅诬告，将刘天成革职还乡；嘉庆二年（1797年），刘天成病故；皇帝处死和珅，给刘天成平反，并御赐条幅“门生嘉庆主，恩师刘天成”。

也许是因为刘天成，让小镇的文脉得以一代代延续，小镇也就出现了一些文人。那些文人既像田里的庄稼，割了一茬又一茬，又像山上的野草，自生自长。

文人们常常在那古朴而破旧的老街上行走，故作高深，一副近视眼镜的背后，总有几分让人看不透的深沉，常在激动中轻吟，常在思考中叹息。他们经常聚会在小桥流水旁的露天圆桌边，谈论一些让人听不懂，又让人觉得好听的话题。比如：“我听见了小镇在呻吟。啊，是灰尘给了我一双眼睛，我用它再也看不到光明。”“我看见了城市在‘大削价’‘大跳楼’‘大酬宾’中那张变形的脸，我用感叹与无奈给它美容。”“我想在天空上居住，远离这儿的喧嚣与繁杂，像陶渊明那样采菊白云下，悠然见阳光。”……

文人们就这样不分春夏秋冬，更不管是天晴是下雨，只要有空，他们就聚在一起，又说一些让他们之外的人听不懂的话题。在小镇上其他人的眼中，他们成了怪人，怪得不可理喻，怪得不食人间烟火，不盼天晴不望下雨，不为世俗所困，更不为名利所惑，简直太让人羡慕与敬佩。从此，很多人见到他们时，总是主动向他们问好，总是蛮有兴趣地与他们套近乎。

寒来暑往，有的文人不再来聚会，不再当文人了，但又有新文人加入进来。他们依然聚会，依然说一些天书一样的话题，但也有写出的文章偶尔见报的，这可惊动了小镇，让小镇常常也文雅起来，更让小镇上的很多人都想当文人。

我自小爱好文学，大学毕业后就在县文化馆工作，平时总爱写写画画，在他们的眼中，也算一个从小镇走出去的文人。凡有文化活动或文友聚会，总要请我回去。那天，“窟窿河文学社”

的王社长打电话来，说是文学社将组织去我老家的农家乐采风，我一听非常高兴，一来可以回老家看看，二来可以感受一下家乡在新农村建设中发生的巨大变化。于是，我便向单位请了假，乘车来到镇上跟随前往。

天空中正下着雨，细雨飘洒在头上脸上，丝毫没有阻碍我们的前往，更没有减少我们的热情，我们一路上有说有笑地向家乡走去。到了那里，我似乎很难找到留在我记忆中的影子，一切都似乎变得陌生，仿佛我这不是回到家乡，而是来到一个我从未去过的地方。我再也顾不上喝茶，便四处观看这只能在都市里，或者只能在电视上才能看到的小洋楼、楼顶花园、休闲桌、鱼池……一派崭新的景象，令我十分惊奇。

这家主人姓陈，是一个地地道道的农民，他以前是在镇上开茶馆的，有了一定的积蓄后，便开始回乡下搞农家乐，他告诉我们说："他这农家乐里，每天都接待了不少从城里来旅游、度假、观光的客人，他们说这里远离了城市的喧嚣，真有古人说的'小桥流水人家'的田园风情。"

我问他："你每年收入多少钱？"他笑着说："十来万吧！"

我吃惊了，但也不得不信，因为家乡远离都市，四周青山环绕，一条清清的小河顺流而下，这好比一座天然的“大花园”，当然是城里人度假、休闲的好去处。我为之感叹：家乡真是山清水秀，人杰地灵啊！

## 四

随着年龄的增长，小镇已从昔日那“河水豆花”“叮当”的小玩意儿等意象中走出来，叠进了厚重的历史中。那街道上挑水工的脚步声，似乎还在小镇的深处响起。那小饭店里升火时的炊烟，似乎还在小镇的上空飘浮。那街上说书人的声音，似乎还在小镇的街头街尾回荡。那河上摇来摇去的赶集人的小船，似乎还在关于小镇的记忆里停泊。那小镇上许多平平常常的人物，如星光般还在许多关于小镇的话题中闪闪烁烁……

小镇又以崭新的面貌，变成了我生活中真正的“人间仙境”，一幢幢崭新的高楼大厦在小镇上拔地而起，那街巷中古朴的摊点已变成了宽敞的门市、商场，那街上的石板路已被水泥路代替，四通八达的公路缩短了城乡的距离……镇上人也去到乡下承包荒山和土地，进行着前所未有的尝试。只是谁也无法从真正意义上分辨出，到底哪里是镇上，哪里是乡村？小镇，就这样在那一支支流行曲中，在街上人与乡下人同样时髦的打扮中，变得茫然，变得不知所措，变得躁动不安……

当晚，我没有急于回县城，独自到街上去转转。明净如水的月光映照着小镇，使整个街道也像水洗过一般的美丽整洁，那街道两边的树在微风中轻轻地摇动着。那平日里繁杂而拥挤的街道，变得空空荡荡的，走在上面真有一种如梦如幻的感觉。快到街口时，走得有些累了的我，想找个地方坐坐，正巧路边有个小吃摊，我刚一坐下，便听见一个熟悉的声音："请问你要点什么吗？"我抬头一看，原来是她，是我记忆中最漂亮最有才华的高中女同学。她也认出了我。我说："你现在还好吗？"她点了点头："我现在就摆这个夜摊，维持一家人的生计！""你还写诗么？""不写了，也许现在我的生活中再也没有诗了！"

记得在上学时，她的爱好就是写诗，她最大的愿望就是想当一名像舒婷那样的诗人。那时仿佛整个校园里的月光，似乎在她那美丽的诗句的映衬下，更加的明净而美丽；那时仿佛我的梦，也因为她天真的微笑而明媚。后来，我在很多报刊上读到过她那优美动人的诗句。

这时，一个拄着拐棍的男人走过来说："那边要两瓶啤酒。"她指着他介绍说："这是我男人，两年前因车祸落下了终身残疾！" 于是，我全明白了，还没等她忙完，我就悄悄起身离去。

有一次我回老家，在小镇上下车后就去王聋子的剃头铺，却怎么找也找不着了，那条街似乎完全消失了，变成了一片正在建设的工地。我愣住了，经打听才知道，这条老街和王聋子的剃头铺一起被拆了，王聋子也为这事气病了，被在外地做生意发了的儿子接去养病了，并叫他再也别理发了，好好享清福。

前不久，当我再回老家，一下车就看见在车站外不远处，王聋子用一张椅子和一条凳子就摆成了一个剃头摊，旁边正烧着一个煤炉子，正在给一个老人剃头。我也走过去，由于他是聋子，无法从语言上交流，只能也让他给我剃头。这一次，他不知是老了还是想给我剃好点，剃了很久，在剃好后还对我的头左看右看，也一次一次地为我剪弄，我从他那轻轻地抚弄中，心中总有一种甜甜的、十分亲切的滋味。

那晚，我就在小镇上住了一夜，这一夜却让我久久未眠，在为小镇今天翻天覆地的变化而高兴的同时，也总是追忆着关于小镇那些早已消失的记忆。仿佛看见那映照着小镇的月光，厚重、缠绵、美丽！

# 父亲的乡村

## 一

父亲在我心中，像一座山，高大深沉；又像一棵树，坚强正直；更像一叶草，朴实无华。

父亲只读了两年书，能认识一些字，在当时还算队里有文化的人。无意中，他被选为生产队会计。当会计不是一件容易的事，算来算去来不得半点马虎，得认真仔细。计公分，分粮食，需要把每一个人的名字得写清楚，当真难倒了父亲。一直不怕困难的父亲，不会就学，不懂就问。父亲从事会计工作十多年，收入支出，项项账目清楚，从不违法乱纪，不差群众一分一厘，背地里社员从没说过他不好。

尽管当会计的父亲，当时在别人眼里是红人，但我们家里并不比别人家里富裕。一年三百六十五天不是煮红苕，就是野菜汤。一块红豆腐，吃了几天几日，还好好的，原装不动，只用筷子在上面沾一点点盐味儿，舍不得吃。有些天甚至还只吃两顿，晚上蜷起脚，忍着寒冷和饥饿就睡了。父亲梦中咂着嘴，吃着香喷喷的白米饭，脚一蹬，醒来，泪流满面。春夏秋冬，一年四季，父亲一套劳动布衣服补了又补，寒冬腊月还打着光脚，开会做客也是这样。

尽管父亲在队里当了个“小官”，但他却是一个十分热爱劳动的人。原本他当会计，有些农活他就可以不去干，但他总是抢着去干，而且干起活来比一般人还干得好。父亲还是个手艺人——石匠，除了去给人打灶修猪圈，他还有空就在山坡上打石头。从我知事时起，父亲那在山坡上打石头的“叮当”声和那打大锤的“嗬——嗨——”声，把我从梦中叫醒，也似乎把整个山村叫醒。随后，整个山村便在那粗犷而洪亮的石工号子中，在那十分优美而有节奏的叮当声里，开始又一个忙碌而有序的一天。

有时，很小的我也跟着父亲到他打石头的山上玩，看到他用手锤一锤一锤地打石头的情景，觉得很好玩，我想：长大后，我也要做一个像父亲一样的石匠！那火辣辣的太阳似乎距离父亲是那样的近，他淌下的汗滴，也像一个个火热而芳香的小太阳，落在乱石上，落进泥土里，落进了我的记忆中。

特别是父亲打大山时的情景，更是地动山摇。他那粗犷而洪亮的石工号子声，惊动了山里山外，有的人还放下手中的活儿，静下心来听父亲那动听而雄壮的石工号子，似乎也是一种莫大的欣慰。歌谣似的吆喝着："啊——嘿——喂——哟——嗬！"然后，只见他站在高高的石崖上，扬起几十斤重的，远远看去几乎触击到了蓝天的大锤，"嗨——"的一声，把大锤撞在嵌进石缝中的铁楔子。如果冷漠的石崖还是板着面孔，父亲又扬起大锤，更是屏足力气，气贯长虹般地吼一声："五——雷——四——电——来了哟！"这时，冷漠的石壁像被吓住了，开成了晶亮的瓣瓣。

就这样，父亲就用他那粗犷而洪亮的石工号子，支撑起我童年那幸福而快乐的梦想。父亲因此在村里成了远近闻名的石匠，有的人请父亲去修房子，父亲就用那一块块被太阳晒得晶亮晶亮的石头，给他们垒筑着一个温暖的家；有的人请父亲去打灶，父亲就用吮吸了山水灵气的石头，给他们做成了一个越烧越旺的灶，随后，在那一个个飘浮着炊烟的日子里，充满着花一样的香，浸透着果一样的甜……

也许是父尝到过没有文化的苦头，不管家里再穷，他仍要我们几兄妹好好上学读书，而且还天天讲、夜夜讲，要认真读书，只有有了文化才能成为有用的人。有一次，我的文章《父亲在我眼里》在市里作文大赛上，获得了一等奖，当我把这带着荣耀的获奖证书拿回家，父亲赶忙给我贴在墙上，然后对着那张红红的获奖证书看了好一阵后，他的脸上露出的如朝霞般开心的微笑。

## 二

在土地分到户后，父亲更是勤于自家的农活。他起早摸黑，脚步从未离开过他生活的这片土地，那田里土地里都常见他忙碌的身影。

每到春天，“一九二九怀中插手……五九六九沿河看柳。”

似乎就在父亲那反复念叨中，变得诗意起来。他总是站在田埂上，尽情地望着那一片田野，就像铺开一张张宣纸，把心中早已构思好的美景，尽情地描绘。

在初春那灿烂的阳光下，父亲那颗沉寂了一冬的心，也像那储藏了一冬的种子，开始跳动起来，他那沉默了一个冬天的表情，又像山花盛开时露出了甜甜的笑脸。他便取下挂在墙上的锄头，扛在肩上走去那片田野，时不时高兴地挖上一阵子，还高兴地说："呀，这春天的土地还真好使哟！"这片经过一冬沉积的田野，在春天的阳光下苏醒过来，也似乎跟父亲一样欢乐着、高兴着、微笑着……父亲也像个孩子似的，用他那粗犷的声音，大声地唱起来，吼起来："哟，春天来了！"

"正月立春雨水，二月惊蛰春分……"春分时节该下谷种，被父亲倒背如流的节气歌，就像一首诗点缀着父亲的春天。这时，父亲在用心地计划着，有水的田块就播撒谷种，没水的田块就种下玉米，田边土坎上播下豆子、瓜果……一个个崭新的希望，一个个美丽的构想，在这春天里，被父亲用诗一般含蓄的语言尽情地表现出来。在那田野里，爽朗的笑声，欢快的歌声，播撒种子的声音，似乎是在奏响一首春天的交响乐。

父亲总是默默地做着事，像一头勤耕的老牛。尽管每天起早贪黑，忙着农活，从没看他抱怨过生活的艰辛。在艰苦的日子里，父亲有一句话总是挂在嘴边——“宁愿雪中送炭，不愿锦上添花。”小时并不懂得这句话的意思，到现在才最终明白这是父亲做人的原则。父亲一直保持这种习惯，总是把最好吃的东西留给母亲和我们，他自己吃得很少，看着我们吃得香，他好像很开心的样子，我们喜欢吃的菜他不会去动筷子，而这时我会大大的夹上一筷子菜送到父亲碗里，父亲赶忙说：“够了，够了。”其实他一样很快就吃了下去。

父亲心里好像没有恨，他不会计较别人的过失，我也没有看见他和别人红过脸。有时农村里也有争田边地角的事，我家的土边也有被相邻的人侵占的现象，母亲又着急又生气，叫父亲去和他们理论，父亲总是不在意，说少一点又有啥关系，有些东西是争不来的。我以为父亲是软弱、老实、怕惹事，经历了一些事后，我明白了父亲的心胸和处事态度。虽然损失了一点小利益，父亲却赢得了很多人的尊重，捍卫了宽容待人的准则。

这就是我宽容、善良、乐观的父亲，他给我们撑起了一片晴朗而美丽的天空，在这片天空下，我们彼此会默默地传递着关爱和感恩！

## 三

父亲不但爱土地，更爱他手中的农具。一生都与泥土为伴的父亲，虽然已年过花甲，但他对这些农具，却情有独钟。平日里，住在老屋里的父亲总是取下挂在墙上的镰刀、锄头等农具，像点兵一样一一地清点，把本来好好的锄头也要弄来修修，把前几天才磨亮的镰刀也要弄来磨磨，把上个月才挂上去的犁铧又要取下来擦擦……似乎只有这样才觉得心里踏实。

这些农具中的镰刀，是父亲很小的时候就用上的，那时他是用这镰刀替爷爷割草喂牛，是用这镰刀替祖母割柴煮饭。镰刀，在父亲的心目中就像儿时的伙伴，伴他度过了快乐无比的童年。而在父亲真正用上镰刀这农具时，那时他已从爷爷的手中，接过了全部的生活重担。儿时用的那把镰刀，已不适合身强力壮的父亲，他便找了一个铁匠专门打了一把又大又长的镰刀。每到麦收时节，父亲就用这把镰刀在地里收割麦子，那特别响亮的“咔嚓、咔嚓”的割麦声，与父亲高兴而激动的自言自语声：“这镰刀才叫镰刀，用起来真来劲！”这把镰刀，为父亲支撑起那因生活的负重而失落的人生。

要说父亲真正意义上与之结缘的农具，还是犁铧。那是父亲在十三岁时，一直帮人犁田为生的爷爷突然病倒了，眼下又是农耕时节，别人的田里还等着栽秧呢。没办法，只好叫从未犁过田的父亲去顶着，比犁铧高不了许多的父亲，只好学着爷爷犁田的样子，打着牛摇摇晃晃地学着犁田。从此，爷爷一病不起，父亲自然而然地接过了爷爷手中的犁铧，走在了爷爷走过的路上。几十年如一日，每到开春后，父亲就那打着牛犁过那片田野，田野便在父亲那吆喝牛的声音中，在父亲那乐呵呵的笑声里，飘出了一行行抒情的诗句来。

水车在父亲一生中，是让他最骄傲的农具。在那时还没有抽水机的时代，大凡在农历二月间，山里人就开始整田栽秧，可地处高处的田没水，就得用水车往上面车水。这时，队里便开会选择有这方面能力的人，如果被选上去车水，工分得双份不说，还得了一个好名声。每次队里选人车水时，父亲总是第一个被选上。这时他总是高兴地对书记、队长发几句牢骚：“不怕你们吃墨水比我多，有本事车水去？”同时，也不知投来多少山里人羡慕的目光。如今，父亲却常常谈起这车水的往事，他说：“想那几年车水，谁不想与我一起，哪年队长不是第一个点到我。几天几夜不下水车，现在谁还行？”如今，水车虽然从小山村里消失，但它似乎仍保存在父亲的记忆中，留给父亲的是无比的快乐与欣慰！

只有锄头，似乎成了父亲心中的伴侣，父亲凡下地挖土种地干农活，都是扛着这锄头；在田野里转转，也总是扛着锄头；去山坳上坐坐，也仍是扛着锄头……扛锄头，就是他几十年来形成的无法改变的一种习惯。锄头在他的肩上，似乎仍有几分重量；锄头在他的手中，仍充满着灵气，闲了闷了时可以与它说说活，愁了倦了时也可以与它吹吹牛，说些只有他们才听得懂的往事，吹些只有他们才觉得高兴的事。说着说着，多少往日的艰辛与无奈也变得温馨而美丽，多少往日的欢乐与梦想也变得真实而浪漫。

父亲只要手握着锄头就来了精神，嘴里又重复着他常说的那句话：“锄头锄头，日头日头，有了锄头，生活才有盼头！”

## 四

现在，父已经年过花甲，虽然干活不如从前了，但他仍坚持在家干农活。由于他年纪大了，就不再种水田，只是种点菜什么的。可父亲就觉得日子清闲了，劳动惯了的他，又去买来一条耕牛喂养。每天他又像年轻时一样天不见亮就牵着牛去坡上放，在那空旷的山坡上，看着蓝天白云，眺望着山间美景，心情格外的舒畅起来。然后，他又像当年打石头一样，长长绵绵地吆喝着：“啊——嘿——喂——哟——嗬！”，又“嗨——”的一声……虽然没有了当年的气贯长虹，但声音却一样的粗犷而洪亮。

每天父亲都起得很早，他不是背着背篼上坡割牛草或弄柴，就是牵着牛去放，日子也过得有滋有味。由于母亲来到县城帮我看孩子，只有父亲一个人在乡下。每次接父亲来城里，他刚住上几天就要急着回乡下，如果我们再留他，他反而生气，我知道，父亲是属于乡村的。

父亲在乡村的日子，除了喂养那头耕牛外，就是一心一意种植他的菜园。他没有现代化的培养技术，仅凭多年的种菜经验，几十年如一日把菜园打造得生机勃勃，一片葱绿。

春天来了，果木冒着芽苞，白的、红的、粉的，各种花竞相开放，在老屋的房前屋后，父亲的菜园成了一道风景线。远远看去，那深绿色的一片，是走过冬日来到春天的甜菜，没有一根杂草，没有一片残损的叶子；那齐刷刷的蒜苗，你不让我，我不让你，在黑土地里排队成行。特别是每年的大白菜，又大又白，几块地连在一起，成熟季节，远远看去，就像绿海洋里涌起的白色波涛。

早年，因为我们兄弟姐妹多，父亲为了养活我们，起早摸黑地干，越重的活儿他越要争着干，这样挣的工分才多，工分多了年底分的粮食才多点。有时，父亲白天干了很重的活儿，晚上还要为队里做点手艺活，如帮别人修修灶、打个石头对窝、打个石脚盆等挣点钱。年复一年，父亲终于把我们养大，我们几兄妹中，有读书出来在县城工作的我，有在外地做生意的弟弟，也有在镇上教书的妹妹。在别人的眼中，我们都有出息了，可父亲却老了。

有一次，父亲一个人在乡下，不知是寂寞了，或是想孙子了，电话也没打，就到县城来了。说来凑巧，父亲来的那天，正好是礼拜六，我不上班有空，想好好陪父亲玩玩。老家门虽锁了，但父亲还是不放心，一直嚷着看完孙子就回去。经不住我和妻子的软磨硬泡，他才答应留下来住一晚。那天，天气晴好，我就带上相机陪父亲去县城附近的湖边走走。秋天的天空是高远的，明澈的，秋天的湖水像一面镜子。我和父亲，并肩走在湖边的小道上，踩着沙沙的黄叶，眼望着万里晴空，心里涌起更多的是安详、静谧。父亲很满足，他不住地啧啧赞叹，这里真是好地方，这儿比起我们家乡那个水库大多了哟！

我要给父亲拍照留念，他说什么也不肯。最终还是在我好一番劝说下，他才在这优美的湖光山色中留了影。

父亲这样在县城住了一晚，晚上他却显得坐卧不安，总是半夜起来一边抽烟一边望着窗外，嘴里念叨着："坡上的苞谷也可能背上娃了，地里的豆子熟了哟！"听上去仿佛他已来城里很久了似的。我理解父亲，也不想再留他在城里住下去了。正好明天是周日，我决定亲自送父亲回乡下去。

第二天，父亲早早地起来收拾好衣服，我们便去了汽车站，乘车到了家乡的村口下了车。这时正好碰见刚把他儿子送上车的王大爷，他一见父亲回来了，高兴地走上来问道："你好久去县城的，怎么不多耍几天呢？"父亲高兴地回答："昨天去的，我感觉在县城耍了好久似的哟。哎，听说村里要开承包会，村里的鱼塘承包出去没有呀？""这会昨天开了，一位外地来的老板承包了，已签合同了。""哎，我就想昨天回来的嘛！"王大爷问："你想承包？"父亲摇了摇头说："不，我这么大岁数了，哪里还有能力承包那个哟！""那你还着惦记着这事干吗？"

父亲没出声了，但我却明白父亲的心情。

## 五

一路上，父亲像真正出了一趟远门似的，凡见了熟人就打招呼，要抽烟的父亲就主动拿出烟来请他们抽烟，像一个小孩似的乐呵呵的。到了家后，父亲叫我坐，他去洗锅烧开水为我泡茶，茶泡好了又忙着煮饭，我看着忙来忙去的父亲，似乎这时才看到了一个快乐的父亲。不一会儿饭就弄好了，父亲又倒上了两杯老白干酒，与我一边喝着一边说着话：“这老白干，比你城里那酒好喝，当然不是你的酒不好。这酒，我喝了大半辈子了，似乎喝习惯了，更喝出感情了。以前累了，喝两口睡一觉就没事了，有时烦了，也喝上两口睡一觉，啥事也就没有了……”我听后没出声，只默默地点了点头。

随后，父亲扛着锄头带我去看老屋前的菜地，只见这片菜地被父亲管理得很不一般。记得还是春天我回乡下时来过这菜地，看见父亲在这里一会儿翻地、栽菜秧、提水浇灌。现在已是秋天了，父亲的汗水没有白流，辛苦的耕耘终于换来了喜人的收成。地里的挂满了西红柿、茄子、黄瓜、辣椒、苦瓜等，真是硕果累累，逗人喜爱。父亲说：“这些菜，是没有打农药的，你明天回去时带些回去嘛，是真正的绿色菜哟！”

不一会儿，邻家的李大爷，对门的王大爷也纷纷来到田埂上，父亲便放下锄头坐在田埂上与他们一边抽烟一边说着话。王大爷说：“村上的那个五保户麻二爷听说昨天被接到镇养老院里去了，要不是大家劝他还真不想去的哟！”父亲说：“这是好事嘛。不去，他腿脚不方便又无儿无女，哪个照顾他呢。”听上去，仿佛这些事与父亲他们无关，但又感觉到这些事与他们息息相关。

为了好好陪陪父亲，我也在乡下的老屋里住了一晚，晚上父亲给我讲了许多村里的事情，有伤感的，也有高兴的，但我都听得十分真切。父亲说："这些年，村子里发生了不少事，那个疯子大叔大雨天满街疯跑，全村没人拦得住，最后掉进水塘里淹死了；剃头匠姚麻子才五十多岁，头天还好好的，第二天起来就发现他死了。还有……哎，我怎么老说不好的，还是说点好的吧。"一会儿，父亲又接着说："和你玩的最好的那个三娃子，读书不行出去打工却发了，现在当了老板了，前不久开着宝马车回来在村里转了一圈，多风光呀；你大姑家的那个小顺子在外面做生意发了，人家娶了个外国媳妇回来，人挺好的，去年来我们家还买了好多东西呢。还有，听说我们村上马上要建个农民新村了，楼下门面楼上住房，你弟弟说他要一个门面和一套住房，准备在村里开个超市呢！"

父亲说着说着，也许是困了就呼呼睡去了。我却像父亲在城里一样，翻来翻去久久不能入睡，我起身悄悄走到屋外，站在院坝里，看见明净而皎洁的月光映照着小院，映照着田野，山村里静静的，只有从屋里传来的，伴我长大的父亲那粗犷的呼噜声，显得格外的动听。

# 漂泊的日子

## 一

帆船在大海里漂泊，是为了寻找彼岸；小鸟在天空中漂泊，是为了寻找那片能栖身的树荫；我在茫茫的大千世界里漂泊，说不出为了什么。我只知道：漂泊是一根纤绳，贯穿着我的人生、命运、追求。在那一程又一程漫长的旅途中，包里只揣着几本书，这些年就是与书做伴。有时打开书真读得如醉如痴，因为书中把远方描绘得令人神往，把漂泊书写得富丽堂皇，当回过头来重新审视自己，一切都大不相同了，又在哪里去寻找书中的意境呢？

我自小在父母身边长大，上高中时每个星期都要回家，已形成固定的生活方式。也许是因高考落榜便选择了漂泊，年复一年，世间的风雨都已在我的泪水和血液里凝固，滚滚红尘也视如烟云，唯有我对家的想念却无法改变。有时，一个人常对着波澜壮阔的大海，去感叹与家息息相关的人生、追求与命运；有时，也独对明月去吟诵李白的诗句：“床前明月光，疑是地上霜，举头望明月，低头思故乡。”甚至以酒当歌，一杯一杯喝个痛快。

每到一个地方，不管是“划算”的活儿还是“不划算”的活儿都得干，而且总想干好。总想就此立住脚、扎下根，能挣上几个钱去养家糊口或者去孝敬父母，可到头来还是一无所获。只好又打点行装去再度漂泊，去再度追寻，即使不知道该去哪儿。书上的“漂泊自有漂泊路，天涯更有天涯情”，细细品尝起来，真有一番味儿。

一天又一天，一年又一年，我的性格与其他漂泊者一样，由孤僻变得开朗，由忧伤变得豪放，想笑就对着天空大笑，想哭就对着大海痛哭一场。有时，同是漂泊者的哥儿们，有钱一起花，有酒一起喝，那场面令人感动。由此，我的思想、情感、追求都在开始蜕变，变得丰富而含蓄。莎士比亚说：“人啊，总是在微笑和痛苦之间摆动。”于是，我又开始微笑，在漂泊中寻找，真有点异想天开了。梦中的一个又一个“奇迹”出现了，鲜花美酒向我涌来，我欢笑、我呼喊、我追逐……可醒来后什么也没有，属于我的仍是那一条长长的漂泊路。

有时，给一个在远方的亲人或朋友，打一个问候电话，也是匆匆地拨通，匆匆地说上几句，然后匆匆地挂断。因为计时表上的时间，在这时已走得飞快，囊中羞涩，使我只好忍痛放下电话。上班下班的时间都有硬性的规定，这样，本来平静的生活，就多了些匆匆的色彩，本来悠闲的人生，就多了一些匆匆的感慨。

不是么，街上那么多匆匆忙忙的人，有的为了升职，而匆匆地四处奔走；有的为了挣钱，而起早摸黑；有的为了买房，为了装修，在八小时之外还在奋斗……不匆匆行吗？而四处漂泊的我呢，更多的只是为了生活而匆匆，每天都是在家与厂这“两点一线”上奔跑，每天早上与八点钟赛跑，每天差一分钟就是迟到，每月迟到三天，就有可能被“炒”掉。为了挣钱而四处奔忙，为了生活而劳心劳神。

有一次回家，在县城下车后，去拜访过去的一位朋友，敲门后才发现他已搬家，再去他单位找人，也说他已升迁走了。又只好去另一位朋友家，也是人去楼空，经打听才知她已去离县城较远的一个边远小镇。一次又一次地登上往日熟悉的楼层，一次又一次地扑空，悲凉的心境涌上心头，这原本好像是自己家一般的县城，瞬间已变得那么的陌生。相隔不久的时间里，有人升迁走了，有人离开县城去了小镇，有人不知去向。于是，我匆匆地离开县城，赶回自己的家，好让家的温馨为我赶走所有的失落与凄凉。

人生匆匆，梦境也匆匆。有时，在干繁重的活儿，在面对枯燥的厂房，心里总是在想：过些时间就回家，像父辈们那样，不为外面的世界而动心，一生都与土地做伴，日出而作日落而息。有时，梦境也像小鸟一样，飞越于现实之上，不为一日三餐的需求而烦恼，只为悠闲自得的人生而欢歌。没有匆匆的人生，没有匆匆的人生中的苦涩，就像自己主宰自己手中的笔一样，去主宰着自己的命运。但下班的铃声，又迫使我不得不回到现实中来，匆匆地赶回家。

为家里的油盐柴米再精打细算一番，然后匆匆入梦，因为只有梦，才永远属于自己。

## 二

自从我来到这个小厂打工，对于喜欢写写画画的我，总觉得枯燥无味。以前在报社时，每天都有看不完的报刊，每天身边都发生着这样或那样的新鲜事、稀奇事，对时事乃至人的生活状态似乎有一些了解。更多的时候，还是泡在图书馆里读名著、看经典书，什么卡夫卡、贝克特等大师的作品，虽然有时也只是随便翻翻，但总觉得是一种享受。

可现在在这个小厂里打工，每天都在繁杂热闹的厂房里干活，好像与世隔绝，厂里没有什么文化设施，就连专供工人看的电视也没有，厂里也一直没有订什么大小报刊，老板只顾忙碌着生意上的事。于是，一段时间来，厂里的工人们似乎每天只知道干活，下了班就睡觉。有一天，我突然看见厂里有一间屋堆了很多废旧报纸，这些旧报纸是小商贩从各个单位收来卖给厂里用来包工件用的。在下班后，我便如获至宝地钻进屋里，真是大饱眼福，什么日报、晚报、商报等本市或外省市的都有，有新闻类，也有文学类的，还有过去了一两年的，最近的也都是过去了大半年的。

发现了这个“图书馆”后，我如一个干渴的人偶尔发现了一汪清泉，不管这些报纸是何年何月的，更不管是新闻或是“旧闻”，都一个劲地翻着，一个劲地读，不带任何功利，只当消磨时间。这样读着这些旧报纸，确实是一种莫大的享受。我最喜爱的是报纸上的随笔与连载，那一篇篇精短的随笔让我细心读后，或为那内心的独白而感到恬静、旷达，或为那带刺的小品文感到痛快、开心、流泪……特别是读到连载作品时，有时只读到前面几章，有时只读到后面几章，有时只读到中间断断续续的几章。因为是旧报纸，便自知难以找到缺少的部分，只好自个儿脑子里开始想象其中没读到的部分，一次又一次地靠想象读完了一部又一部连载作品。每当这时，好像就是自己写完了这个连载作品，那种高兴劲儿，是其他人难以想象的，带给我无穷无尽的乐趣。

当然，小厂“图书馆”不是随时为我开放的，只要管库房的人换班就得关，又要等下一个接班的人来开。有一天，我在“图书馆”里正看得如迷，看了一会儿后，起身出来门却被锁了。出不去了，我就只好坐在里面等，那真是只有以读报当饭吃了。幸好两个多小时后门开了，接班的人知道缘由后大笑了好一阵。于是，我与小厂“图书馆”更是形影不离，凡下班或厂里没事干时，别人出去打麻将、跳舞，我却坐在那堆旧报纸上，像蛙虫一样啃食着那些文字，总想从那些字里行间获得些什么，但又不明白自己要从那些蚂蚁般的字迹里去吸食些什么，只是觉得这样才得到一种充实，才得到一种欣慰。

尽管我消磨在小厂“图书馆”里的时间很多，在常人看来是在白白浪费时间，自寻烦恼。但我却从中感悟到许多人生真谛。如遇到逆境时，善于寻找生机与希望；如遇到不顺心的事，善于找些哲人的名言警句来开拓自己。特别是这些年一直在希望中又失望，在奋斗中又失落的我，似乎在这小厂“图书馆”里找到了一种梦想，一丝生活的亮光，更多的还是寻找到了甘守清贫与淡泊名利的心境。

有人把台湾作家赖建成先生的一篇短文中列出的人生三愿“吃得下饭，睡得着觉，笑得出来”简化为“笑得出来，哭得出来”。这话看似简单，实则有深刻的人生哲理。有人为升职而笑，有人为发财而笑，有人会为生活中的某点小恩小利而笑，这笑里充满了喜悦，充满了满足与荣耀。而我等平民百姓，只有常常为自己干完一天活儿而笑，虽然劳累，但感到一种充实。这笑，虽然有苦涩有艰辛，但也充满了无尽的乐趣。

记得前些年读到冰心的文章《笑》，一个小女孩“捧着花儿，倚着门儿笑”。这笑像花一样纯真无瑕。前不久，儿子来我打工的小镇上玩，有一天，他在垃圾堆里捡了些废铁，满手脏兮兮的提着一大包废铁去卖了后，拿着自己劳动后获得的五元钱，笑得合不拢嘴。不是我平时没给他零花钱，而他一直生活在穷乡僻壤，总想为自己创造一点小收入。我望着他苦笑了，笑中有高兴也有内疚，想到别的孩子，生来就富有，父母为他从小就积累下很大一笔财富，而我呢，唯一能给他留下的恐怕只有一种“奋斗精神”罢了。儿子的笑，我想跟冰心文章中的那个小女孩是一样的纯真无瑕，而我却笑得很难堪，笑得泪流满面。

有时，笑则是一种难事，不笑不行，这种笑比哭还难受。比如，在厂里，如遇到领导或老板莫名其妙地发火时，即使某件事根本与自己没关系，但也只好笑着让他批评。有时，如与同事之间为小事而发生争吵时，也只能以笑面相对。这笑能缓和紧张的关系。还有如遇到妻子整天在唠叨某某又发财了，某某又买房买车了，而你呢，什么也没有时，也只有笑笑了，也只有用笑来代替所有的愤怒与悲怜。这时，我想到了雨果的小说，是艺术，而生活中有时又何尝不是在演戏，演得真不真实，就看你关键时刻笑不笑得出来。这也说明生活中离不开笑，笑真是无处不需要呀。

然而，作为打工仔的我，更熟悉的是平民百姓的笑。他们的笑，似乎多半是发自内心的笑，喜怒哀乐全在笑中。为一个远方亲人打来的问候电话，也往往发出喜悦的笑；为买上一件新衣服，也在心中暗暗地笑；有时为买上一种便宜的东西，也由衷地笑。有一次，一向节衣省食的邻居的一位大嫂，花上八百多元，买了一台二手彩电，开先她笑得合不拢嘴，逢人就讲她能“慧眼识珠”，可不到一天，她那台彩电就不现人影了，才发觉上当了，气得她痛哭了好几场。这哭比笑好，哭过后能让人清醒，哭就能获得教训。

当然，每一个人都有喜怒哀乐，人生也不是一帆风顺。如经历过太多坎坷的人，笑如阳光，永远照耀着奋斗的历程。如一帆风顺平步青云的人，笑如一缕轻风，让你感受到一种喜悦的心情。而作为打工仔的我，常常为生活的艰辛而笑，为人生的坎坷而笑，更为生活的苦涩而笑。

当然，这笑却比哭好得多，比哭更有味道。

## 三

不知不觉中，又是秋天了，树上那枯黄的树叶纷纷飘落。在这个象征着收获的季节里，我却感受到一种平常的心境，因为打工仔的秋天，依旧那么忙碌、烦琐，依旧那么平淡无奇。

下午下班后，我迎着西下的夕阳，无意间跟随行人漫步于绿荫道上，有的欢快地聊着天，有的轻轻地哼着歌儿，似乎那已被酷暑骄阳烘烤过的心，一下子就融入了这秋天凉凉的意境里。感到心情舒畅，那阵阵笑声，久久回荡在绿荫深处。而我在这凉风吹指，秋意缠绵的秋天里，只是感受到了又一年过去了，在去年这时，我也这样感叹过，但对收获的渴望，依旧无休止地缠绕心间，但都只是在无休止的期待中消失，如天上的云彩那么缥缈。

这时，远处传来音乐声，悠扬而动听，好像是一首很流行的歌曲《回家》。此时，我似乎陶醉于这动听的歌声中，眼前浮现出那通往故乡的乡间小道，弯曲绵长。而故乡的亲人们，正在那片金黄的田野上，收获着希望。春种秋收的含义，在这种意象中，显得是那么的深刻。我放慢脚步，在绿荫道上悠闲地漫步，那树上略显光秃的枝条，在淡淡的薄雾中，显得是那么的萧瑟，好像与我此时的心情极不相称。秋天，应该充满收获的喜悦，充满丰收的欢乐。由此，我深深地叹息一声，难道这就是属于打工仔的秋么？

记得小时候，我常跟着父亲去田野里干活，春天跟着父亲去播种，父亲告诉我说："春天不播种，到了秋天又收获啥呢？"到了秋天，我跟父亲去田野里收割稻谷，父亲总是说："今年又是一个丰收年呀！"父亲年年都在种，年年都在收割，每到收割时总是这么说："今年又是一个丰收年呀。"对于朴实得跟泥土一样的父亲，这句话就是再好不过的形容词，也只有这句话才能表达他此时的心情。后来，我出于好奇，偷偷地把几粒南瓜子种在土里，渐渐地看到它发芽、长大、开花，又精心地施肥，到了秋天，果真结出了一个又一个又大又圆的南瓜。我摘下南瓜抱回家，听到父母不停地夸奖我，心里高兴得不得了，也似乎从这一次经历中，才真切地感受到"春种秋收，种瓜得瓜"的含义。如今，我已常年在外漂泊，有时，也像自己种南瓜一样种下了一些梦境，到了秋天，已经发了芽，开了花，长得又大又圆，像南瓜一样进入我的梦中，这梦变得温馨甜蜜。

当然，梦是甜蜜的，生活却是那么的艰辛。打工仔长年累月在厂里干活，好像与外面的世界隔绝。即使下雨淋不着，出太阳晒不着，但那春种秋收的含义却深深地烙印在心间。正如一位诗人写道，“打工仔就是生长在城里的一株庄稼”。我想一点没错，打工仔整天迎着充满竞争的阳光，脚下踏着坚硬的水泥路，很难让自己的根须融入这片土地，一年四季只能随别人的意愿去疯长，开的花是苦涩的，结的果是酸甜的。秋天，只能沉浸在别人收获的欢笑里。因为，打工仔的秋天，似乎永远属于不了自己。

有时，在那一个秋雨飘临的夜晚，我独自一个人喝上几口烈酒，脸红红的，似乎只有在似醉非醉中才能感受到，一个不同于往日的秋天。眼前又呈现出金黄的稻谷，红红的高粱，黄灿灿的南瓜，那般的惹人喜爱。忙碌的日子，笑声如落金子般地撒满了乡间小道。有时我会自言自语地重复着父亲曾经说过的那句话：“今年又是一年丰收年呀！”这样，这个本来平淡无奇的秋天，才显得那么的温馨迷人；忙碌、烦琐的日子里，也多少浸透着几分秋天那醉人的色彩。

尽管是秋天，是充满诗意的季节，但一天的劳累，使灵感逃得远远的，剩下的只是满脑子的疲倦与困意，但我还是坐在窗前，看着窗外的月光明净如水，看那月光下朦胧的树影，心中由衷地多了一丝感慨，没有灵感的夜多好。

近一段时间，总为一些莫名其妙的事而大发脾气，感觉不顺心的事总是围着我转，就像每天必经的路一样，不管是晴天或是雨天，不管是干净平坦的柏油路，还是泥浆飞溅的小道，都得经过一样，躲也躲不开。只觉得每天都得去面对，那繁杂无章的厂房，那轰鸣的机器，那沉重的活儿，这都是为了生活，我每天必须干的事。

今晚下班回家，习惯性地点上一支烟，泡上一杯茶，独自面对一叶开启的小窗，总想去写点什么，却没有灵感，只有暂时把几句抒情的小诗或构想的一篇散文丢开，任思绪漫不经心地奔忽，如一匹放纵的野马，无边际地奔跑，在那茫茫的夜色中，在那银白色的月光下，寻找一个无拘无束的自由空间。此时的心情，多么愉快而放松，因为自己并没有强迫自己要写出些什么，只是让被囚禁了一天的情感任意地舒展，被轰鸣的闹声围困了一天的梦想去自由地驰骋，让被紧张的劳作扭曲了的手脚乃至身躯，重新回归自己的灵魂。

今夜没有灵感，只剩下一个真实的自己，可以不为获得几分报酬，去写几句为无聊人打发时间的小诗：可以不为得一点小利而去写几页为别人歌功颂德的文字，甚至因自己的取舍，去评判某人的是与非，从中加减些情节，而洋洋洒洒地把自己硬拉进这些无聊的悲欢离合的章节里。只有这时，才是一个实实在在的真我，不为虚名而苦恼，不为得失而叹息，只为这一份如水的心境而自豪。想哭就哭，想笑就笑，更是静静地聆听如潮的蛙声，从热闹中去品尝寂寞，在寂寞中去拥有欢愉。

当然，在外面打工是不需要灵感的，在厂里上班更是不需要灵感的。灵感如一个人的隐私，只有深深地藏于内心，让它变成实在和实干的精神，变成操作机器时准确无误的操作技能，变成生产出的工件标准的尺寸，变成面对艰难人生而不气馁的勇气。一天一天地，日久天长，本来灵感活跃的我，心也好像沙漠化了，不再为生活中一点小小的失意而落泪，更不再为一丁点儿意外的惊喜而彻夜难眠，一张深沉的脸上，似乎只有苦笑相随，似乎只为往日的梦想而叹息，生活中的每一天，由此变得平淡如水。

有时，灵感也像潮水一样涌来，按也按不住。如下班时看见那佝偻着身腰捡垃圾的老人，心中总是发问：他这么大岁数了还在吃苦干什么，是为供上大学的儿子，或是为生病的老伴挣药费；有时，在报上看见某某小学生，因父病或母病又辍学了，恨不得把身上仅有的几个零花钱捐出去；有时，听说某某打工仔一句话不对就被老板开除，真想去找老板论理。但这些，灵感就像虫一样地在我脑里乱窜，让我横身不自在，但都在无奈与叹息中消失，甚至消失得无踪无影。

然后自己犹如一个平面人，依旧在漂泊的人生路途上生中，艰辛地生活，梦想依旧缥缈如云。

# 乡村手艺人

## 乡村王篾匠

在老家，王篾匠也算一个远近闻名的乡村手艺人。

那时还在生产队时，王篾匠就和其他几个篾匠老头，天晴就在生产队的晒坝里，下雨天就在保管室里干篾匠活，似乎一年到头都有他们干不完的活儿。开春后的春耕播种时节，他们就用竹子破成篾条，做成犁田用的犁扣、编挑土用的篮子等，夏天是快打谷子时，也是他们最忙的时候，他们总是忙着编收割用的箩筐、筛子等，秋天他们也忙着编挑红薯用的篮子，冬天就给生产队的养猪养牛场编些背篼什么的……他们就靠这篾匠手艺，在生产队挣得高工分养家糊口，不知让多少山里人羡慕。

在土地承包到户后，由于篾匠属手工活，赶不起进度也偷不到懒，少了一匹篾条都完不了工，更是要慢工才能出细活，收入自然也就低了。那些昔日在生产队里拿过高工分的篾匠们，都纷纷转行干别的活儿了，可王篾匠不知是没找到其他的活儿干，还是他天生就是爱上了这篾匠活儿，他却一直默默地干着帮人编箩筐、背篼、竹篮、筛子等活儿，那时几乎家家户户都需要篾制品，王篾匠的篾匠活儿却越做越精细，越做越红火。

听老一点的人说，王篾匠的篾匠手艺不是祖传，他似乎也没拜过师，而是无师自通，靠边做边摸索出来的。在做篾匠手艺的时间长了，就练出了一身好手艺。不管哪家请他编箩筐，还是编背篼，他首先是要挑选上好的竹子，再把竹子劈开，把它不同的部位做成各种不同的篾条……总的来说，整个过程包括砍、锯、切、剖、拉、撬、编、织、削、磨。王篾匠破出来的篾片相当粗细均匀，青白分明，他编出的箩筐就结实细密，两个箩筐也大小一致；他编的筛子，精巧漂亮，方圆周正……

凡村里村外请王篾匠去干活，不管人家编多编少、也不管人家给的价钱高低，王篾匠都一样认真，一样专心致志地做。每到一家他总是按主人的要求，用竹子编成圆圆的竹筛、编成尖尖的斗笠、编成鼓鼓的箩筐……反正你想要什么他就给你编什么。他在干活时，常有大人们陪他聊天，也有小孩找着他说故事，他不是开心地说话就是乐呵呵地笑着，从没停下手中的活计。王篾匠守着他的老本行，默默地编着人生，编着岁月，仿佛在阳光明媚时，我们也看到他在编；同样在日影西斜了，我们仍看到他在编。于是，他编的那些竹器，那个细，那个滑，那个巧，真让人特别羡慕。

最让王篾匠拿手的活儿，也是让山里人因此而记住他的，就是他为山里人编的“娃娃背篼”。他在编这“娃娃背篼”时更是用心，编得十分精细，因为这“娃娃背篼”是用来背才出生不久的小孩子，小孩子的皮肤嫩，所以要将篾条弄得光洁和圆滑，也要编得深浅恰当，以防小孩子在背篼里不小心倒了出来。而且也要尽量编得精美乖巧一些，那些年轻的妈妈背着刚出生的孩子回到娘家时，也更让娘家人看得格外的高兴和欢心嘛！由此，村里村外，十里八乡的好多人都是用王篾匠编的“娃娃背篼”背大的，就凭这他也让山里人尊敬，也足以让他感到自豪。

随着农村青壮年劳动力都纷纷外出打工，在家的一些中老年人在生产生活中也不再肩挑背磨了，王篾匠的竹编手艺也变得冷清，似乎一年半载也没人来请他了。没人请的王篾匠就在家里砍自家的竹子慢慢地编点箩筐、背篼、竹篮、筛子什么，没事时就拿来去今天送这家一个箩筐，明天送那家一个背篼。可他就是有一样编得十分精美也像箩筐似的筐子，他却舍不得送人，有人问他编的是什么，编得这么精美乖巧，他总是笑笑，却不回答。

有一天，王篾匠在外打工的儿子带回一个外地姑娘，在他家为儿子大办结婚酒时，按当地的风俗，要让操劳一生的父亲坐坐用箩筐做成的“轿子时”，王篾匠才从屋里拿出来那个像箩筐一样的东西，在乡亲们的欢呼中，儿子和儿媳让他坐在这“箩筐轿”里，抬他绕堂屋转上几圈，他却开心地笑了，而且笑得特别的开心！从此，就常有人上门来请他编“箩筐轿”，王篾匠总是量身定做，编得认真仔细，他所编的“箩筐轿”，不管你胖或瘦，也不大也不小，坐在里面既舒服又合身，新婚的儿子儿媳抬着他时，谁都想在里面多坐一会呢！

岁月悠悠，王篾匠现在已经老了，听说他再也没收到徒弟，篾匠手艺在我的老家也似乎渐行渐远了。

## 乡村蒸笼匠

在我的记忆中，凡吴蒸笼匠走到哪家，哪家就要办酒席了。

在我的老家，不管是小孩满岁、大人满十，或者是嫁闺女、娶媳妇……都会大大方方、热热闹闹地办上十桌或八桌，有的甚至是办上几十桌。可在办酒席的前几天，得请吴蒸笼匠去打蒸笼，如家里没有蒸笼的他就抓紧时间打，如果有蒸笼的就翻出来看看，坏了的能修就修，如果有修不好的就重新做几个来补上。

由此，吴蒸笼匠似乎就成了山里人的欢乐，凡他走到哪儿，山里人的目光就跟到哪儿，山里人的话题也就说到哪儿。比如“李大妈要做六十酒了，听说是他的几个儿子硬要为她办的，好福气哟！”“过几天，李二娃要娶媳妇了，乡里乡亲的，说什么也得去喝他的喜酒哟！”……吴蒸笼匠也似乎成了最好的传言人，凡哪家请他去修过蒸笼的人家，他就逢人便说，某某家要办酒席了，经他这么一说，相邻好友都早早地做好准备，到时也都放下手中的活儿，跑去帮忙或送上一份礼喝上几杯。

那时作为小孩的我们，不管哪家要办酒席，小伙伴总是以此为荣，或早早地请到时一定要去我家玩哟，或以此作为炫耀，我哪天要去我姑姑家吃姑父的生日酒，我姑父那儿很好玩的哟！小伙伴们听着，都表现出十分羡慕的目光，也在心里多么希望自己家能办酒席，可以想象自己家办酒席的热闹场景。

记得我家办酒席是我爷爷满五十的时候，头几天就请吴蒸笼匠来我家，爷爷从楼上翻出一副旧蒸笼让他看看，吴蒸笼匠看了看说；“这蒸笼用不得了，要漏气，做五十酒这多么客，到时因为漏气菜都蒸不好怎么办？”正在为将要办酒席而高兴的爷爷，马上说：“重新给我打一副新蒸笼嘛。哎，时间还来得及么？”吴蒸笼匠说：“来得及，来得及！”“好，做这么大的酒还靠几个蒸笼么，就重新打一副吧！”

正如吴蒸笼匠所说，蒸笼提前打好了。到了办酒那天，从我家那袅袅飘起的炊烟中，就能感受到一股温馨的氛围，我家的院里真是充满着少有的热闹，只见几十张大木桌，紧挨着地摆满整个院坝，小孩们在院落里高兴地跳来跳去。也许是刚打的新蒸笼，在那口热气腾腾的大铁锅里呼哧呼哧地喘着粗气，村里的男女老少都赶来了，有的帮着忙这忙那，有的却坐在桌前高兴地聊天。不一会，在厨师的那一声粗犷而洪亮的“开——席——罗！”高喊中，所有人都围坐在桌边，爷爷在高兴地一一敬酒，乡亲们边喝酒边吃菜也边说着话。

事隔好多年后，山里人大多都外出打工了，村里也很少有人这样大办酒席了，不办酒席就几乎用不着蒸笼，吴蒸笼匠似乎失去往日的风采，很少有人找他再打蒸笼了，他似乎在孤独而寂寞的乡村渐渐老去。但村里人都记得他，也常念叨着他：“哎，可惜吴蒸笼匠那门好手艺，现在几乎快失传了哟！”“就是呀，如果现在没人学，到时吴蒸笼匠死了，再办酒席时，又找哪个来打蒸笼呢？”

前不久，我早上去上班时经过县城的一个包子店，就被门上挂着的“竹蒸笼包子”的店名吸引住了，我认真打量了一下，小店店面不大，依稀能看到里面前来吃包子的人进进出出，很是热闹，更是因为小时候吴蒸笼匠和蒸笼的记忆，我便走了进去。店内干净而整洁，店里那口热气腾腾的大铁锅里，仍放着跟我小时候见过一样的大蒸笼，只是显得精美了许多，在呼哧呼哧地喘着粗气。

于是，我要了两个大包，正在慢慢地吃着，正好老板娘走出来，我问她：“你这蒸笼是谁给你打的，打得这么精美？”老板娘得意地说：“是乡下吴蒸笼匠打的。”我吃惊地问：“你怎么认识他的？”老板娘笑了说：“说来也巧，那天吴蒸笼匠来我店里吃包子，他说我用铝做的蒸笼蒸出的包子，吃起来有一种铝气味，他说他我给打一副竹蒸笼，蒸出的包子肯定就大不一样。我当时半信半疑，就请他打了一副竹蒸笼，用这竹蒸笼蒸出的包子真的不一样了，真是太感谢他了！”

听老板娘这么一说，我也认真地闻了闻包子，果真有一种竹香的味道，但吃起来似乎更多了一种童年时美好的记忆。老板娘又说：“我们用这竹蒸笼蒸包子后，生意好了很多，当我找到吴蒸笼匠准备送点钱给他作为感谢时，他不但不收，就是打蒸笼的钱也一分不要，却说这也是他人生价值的体现嘛！”

## 乡村杨石匠

在我们村里，杨石匠还算是有名的手艺人。

在生产队时，杨石匠就带着同样是石匠的几个人，每天不是在用石头镶晒坝，就是在山顶上打大山，他们那铁锤敲得“叮叮当当”的声音，似乎在村里就从来没停过。而且打大山时洪亮而粗犷的号子声，似乎从山上映透村里村外。而且，他们干的活儿与每天在地里挖地除草，在田里栽秧打谷的人相比，不但拿着高工分还有基本粮食补助，因为他们大小还是一门手艺，是队里的“技术工”，受人尊敬，也更让人羡慕。

听老一点的人讲，杨石匠不是跟本地的师傅学的手艺，那是他 20 岁时跟着他的叔父去到成渝线上修铁路，由于他人年轻也聪明，便被铁路上一个石匠师傅看中，选中他加入了石工班就跟着师傅干石工活。几年后这段铁路完工后，他回到村里也就多了这门石匠手艺，成了村里唯一“留过洋”的匠人了。由此，那时学石匠似乎成了热门，想跟杨石匠学的人多的是，但杨石匠却要根据自己的要求挑选徒弟，比如：他看在书记的面子上，王书记的亲戚不得不收；他看在亲戚的分上，他老表的儿子也不得不收；但有的是他主动收的，如村里那个因父母去世得早，而独自一个人生活也勤劳忠实的王二娃，杨石匠就主动收他为徒……

杨石匠算是生产队的能人，在集体时不管是生产队的大到修保管室、晒坝，小到每家修个猪圈、粪坑等都得请杨石匠，那时杨石匠一般都是白天干生产队的，晚上才去村民家里干活，还得看人干活，人对的就当天请当天去，人不对的有时得等上十天半月也等不来，但村民们都理解，因为那时主要是在生产队挣工分为主，年终分粮也得看工分多少，更是以集成体的利益第一。

可在土地承包到户后，村里人在家发展种养业的发展种养业，外出打工的出去打工，渐渐的村里人手里就有钱了。杨石匠也最先把他那几间土墙房推倒，请上徒弟们去山上打些石头，再将石头打成砖块这么大砌成石砖房，却比原先的土墙房美观大方多了。他这一创举便得到村民们的积极响应，纷纷都请杨石匠修这石砖房子。由于手中的活儿多了，杨石匠的手艺却越做越红火了，他的徒弟却从三四个增加到近二十人了。

于是，每天很早就听见他们在山坡上打石头时，那“叮当叮当”

声和那打大锤的“嗬——嗨——”声，就是他们这些乡村交响曲，把整个山村从睡梦里叫醒。随后，便听见他们打大锤时的号子声：“哎呀着，嘿着喂……”浑厚高亢，气势磅礴，响透了整个山坳。整个山村都在那粗犷而洪亮的石工号子中，在那十分优美而有节奏的叮当声里，开始着又一个忙碌而有序的一天。

特别是杨石匠打大山时的情景，更是地动山摇。他那粗犷而洪亮的石工号子声，惊动了山里山外，有的还放下手中的活儿，静下心来听他那动听而雄壮的石工号子，似乎也是一种莫大的欣慰。于是，杨石匠用粗犷而洪亮的声喊道：“太阳当顶又当台，贤妹给我送饭来。我问贤妹啥子菜，腊肉丝丝炒蒜薹……”再长长绵绵地歌谣似的吆喝着：“啊——嘿——喂——哟——荷！”然后，只见他站在高高的石崖上，扬起几十斤重的，远远看去几乎触击到了蓝天的大锤，“嗨——”的一声，把大锤撞在嵌进石缝中的铁楔子。如果冷漠的石崖还是板着面孔，他又扬起大锤，更是屏足力气，气贯长虹般地吼一声：“五——雷——四——电——来了哟！”这时，冷漠的石壁像被吓住了，开成了晶亮的瓣瓣。

不到几年间，村里的土墙房几乎改修成了石砖房，而且大部分都是杨石匠修的，那时杨石匠不管走到村里哪家，主人都十分热情的招呼他，因为他们的房子就是他修的，他也因为看到自己为村民亲手修的房子而心里高兴。有一天晚上下暴雨，村里贫困户李明的土墙房被大雨淋垮了，幸好没有伤着人，当他看到全家老老小小哭成一团时，他当场表态他和徒弟们要为李明家重新修几间石砖房，一分钱工钱也不要。杨石匠说话算话，他答应了的事徒弟们也积极响应，在他们忙了半个月多后，三间漂亮的石砖房就修好了，李明高兴得差点下跪像他致谢，他却说："都是乡里乡亲的，帮这点忙算什么呢！"

好多年过去了，村民由于出去打工或经商的都挣了钱，那时修起的石砖房也渐渐的变旧了，村民们又将这些石砖房拆除，重新修起了一楼一底的小洋楼，以前红极一时的石匠手艺在村里也渐行渐远了，杨石匠手下的徒弟们不是出去打工就是改行从事别的手艺了。杨石匠也渐渐的老了，老了的杨石匠承包了村里的一个鱼塘从事养鱼业。不管村里哪家拆石砖房时，杨石匠总是跑去观看，还不停地指挥着那儿要这么拆，这儿要那样推……最后，当他看着自己辛辛苦苦修起的石砖房被拆掉时，眼睛里总是饱含着不知是高兴还是心酸的泪水……

尤其是他看见当年的贫困户李明的两个儿子长大后，因为外出打工挣了不少钱，也请人诉他当年义务帮着修起的石砖房时，他很想发火骂人，也很想上前去阻止，但他就是没有走近，只能远远地站着观看，心里总有一种说不出的滋味。不久，李明家一楼一底的楼房修好了，他的两个儿子专门请杨石匠去他新修的楼房里坐坐，并做了一桌好菜请杨石匠喝酒，说："不管我现房子修成什么样，但我们家永远记得你这位恩人！你为我们修的这石砖房，现在虽然拆了，却永远存于我们心间的……"

杨石匠听到这儿，喝得似醉非醉的他，似乎才多少感到有一点欣慰。

## 乡村剃头匠

在我的记忆中，村头那个剃头匠王聋子穿得破旧，时常身上都穿一件早已退了色的旧中山服，脚上总是那双烂黄胶鞋，几乎每天都一个样，也似乎几十年如一日。但王聋子在村里面也算是一个“名人”，不管是大人或者小孩都认得他，凡说起剃头匠王聋子，哪个都好像比了解他自己还要了解王聋子似的。

因为王聋子每天都开门摆摊剃头，总有许多不管是从他那儿路过，还是没事时总要去到他那儿坐坐。也有人在他那里放个背篼、箩筐什么的，他总是热情相迎，从不说个不字，深得乡下人的好感。虽然王聋子耳聋，但他能从别人张嘴时判断出在说什么，还像好人一样说着话呢，凡有人来，不管男人女人、也不管是大人或者小孩，他总是打声招呼，走时总是叮嘱千万别拿掉东西。

我爷爷就是这样认识王聋子的，也就因为这样才和王聋子有了一定的交情，说交情也没什么借钱借米的事，只是爷爷干活累了，总要去他那儿坐，一来二去，爷爷和王聋子就成了知己，爷爷的头也包括我的头几乎就在王聋子这儿剃了。

小时候，我最怕王聋子剃头，因为不管我愿不愿意，他总是三两下下来，就变成了一个“小和尚”似的光头，不是他不会剃别的头型，他好像觉得我爷爷也是这样剃的，或者是他好像与我爷爷有某种默契，不用说就这样剃成了我爷爷想要给我剃的光头，剃好后我少不了也要骂他几句，可他总是笑笑说：“小娃儿剃光头，好洗又凉快嘛！”

在那时，虽然来他这儿剃头的人很多，但他的生意还是不算很好。尽管这样，王聋子这个剃头手艺，不知有多少为之羡慕，也不知有多少缠着要学，可他就是不教。爷爷却常对我说：“长大去给王聋子学剃头吧，别人说他肯定不教，如果你去学，他肯定要教的。”

其实，王聋子剃头也并不是不讲人情，也不是他耳朵聋就不明白事理。在我上初中后，我更害怕去王聋子那儿剃头，怕他再给我剃成光头，可爷爷硬要我去王聋子那儿剃，最终没犟得过，还是去了王聋子那儿剃头，可他三两下剃了后，我一摸却让我吃惊，头上居然还有头发，并不是像以前一样给我剃的光头呀，再通过镜子一照，给我剃了一个好看的平头，这次我没有骂王聋子了，而且还从心底感激他呢！

后来，我不管是在外地上学或工作，可我每次回老家时，也许是对故乡的思念，或是对小时候记忆的追寻，每次在回老家之前，总不去理发店面里理发，专门留着回到村头王聋子那儿剃，这时王聋子虽说已60多岁了，但他剃头时动作还是一样的利落而快速，三两下就完了，理发时在他的手轻轻地抚弄中，似乎让我感到一种亲切。

有一次，我回到老家，再去王聋子的剃头铺，却怎么找也找不着了，那里似乎完全消失了。而变成了一片正在建设的工地，我愣住了，经打听才知道，因为这里正在修建农民新村，王聋子的剃头铺被拆了，王聋子也被在外地做生意发了的儿子接他了，并叫他再也别理发了，好好享清福。

前不久，当我再一次回老家，一到村口就看见王聋子用一张椅子和一根凳子就摆成了一个剃头摊，旁边正烧着一个煤炉子，正在给一个老人剃头，我也走过去，由于他是聋子，无法与从语言上交流，只能也让他给我剃头。这一次，他不知是老了还是想给我剃好点，剃了很久，在剃好后还对我的头左看右看，也一次一次地为我剪弄，我从他那轻轻地抚弄中，心中总有一种甜甜的、十分亲切的滋味。

小时候我最怕王聋子给我剃头，如今我最想王聋给我剃头，因为能从他那儿能让我感受到一种浓浓的故乡情……

# 向往成都

## 一

成都，一座因为《星星诗刊》而充满诗意的城市，一个因为李劼人的《死水微澜》而厚重得让人梦寐的地方。

我对成都的向往源于那个人人都想当诗人的八十年代，作为热血沸腾的诗爱者的我，总是如痴如醉地写一些诗，写好后便抄好寄去成都的《星星诗刊》，梦想着我的诗能发表。成都，就成为我那时梦想的天堂。也许是因为我爱诗，把写诗当成一条通往美好未来的途径。为实现那个美丽的梦想，我便跑去北京一家报社打工，心想这下真的扑入了文学的怀抱。可报纸不久就停刊，我好像从理想的天空中，一下就坠入了万丈深渊，我陷入了深深的迷茫中。

我在极大的失落与颓丧中，拒绝了同住一个寝室的福建的文友的邀请，而匆匆地回家。他却选择了去成都，以打工和业余写作，在生存与理想间艰难地跋涉。后又结识了一批自由撰稿人，以自由撰稿为职业，虽然辛苦，但也其乐融融。这期间他也多次来信劝我去成都，我却谢绝了。后他与文友创办了一份作为内部发行的小报《成都商报》，在经过近20年的发展中，《成都商报》不但成为成都的一张公开发行的一流大报，而且还是一张全国都有影响的报纸。而他自然是报社的原老，成了一名颇有影响的作家与让许多人羡慕的资深的副刊部主任。回想当初，他却千里迢迢选择了成都，而我却与仅一步之隔的成都错过，更错过了一生中不可多得的大好机遇。

在与成都交臂而过的20年中，我一直都在四处打工，四处漂泊，诗意早已在心中一天一天地淡去，剩下的只是负重的生活与艰难的足迹。一次又一次上北京下广州 ，一次又一次从成都经过，都没有在成都停留，或许，我与成都无缘，或许，成都在我心中太理想化了。

也许是对成都的这种不了情结，我却有认识了幸认识了著名军旅作家、诗人杨泽明，对成都又多了一份梦想和亲切。我就凭着书信与他交往，并且把我的习作寄给他，希望得到他的指点。可杨老师每次给我回信时，总是称我：乡友。他每次出版了新作，寄上一本给我，也在扉页上写下："赠儒学乡友！"这个称呼，让我倍感亲切。

在我出版了散文集《漂泊情怀》后，我寄了一本给他，不久就收到他的回信说："我花了两三天时间，认认真真地通读了两遍，我想再读一遍后，写一篇评论文章。"后来果真写出了 3000 多字的评论文章《打工文学的新花》，先后在《散文潮》杂志等报刊发表，引起了很大的反响，对我也是极大的鼓励。况且不说他写的这篇评论文章如何，就是从他在百忙中，在他身为四川省散文学会常务理事，《散文潮》杂志总编等公务在身、应酬不断的情况下，还认认真真，仔仔细细地读一个无名小辈的书，抽出时间写出这么长而有深度，有独特见解的评论文章，我深为感动。

在我独自一人漂泊在外，感受着人情冷暖，世态炎凉的那些日子，我便时时拿出杨泽明老师给我的那一封又一封回信，不看内容，就单看第一句："儒学乡友：您好！"感受到千里之外，除了我的父母、亲人外，还有人在关心着我，支持着我，鼓励着我。或者在我经过一天的劳累之后，感到孤独疲惫的夜里，拿出杨泽明老师赠我的他著的《画的长廊》《唐柳》《杨泽明世纪诗选》等一本又一本书，心情一下就舒畅了，让我不由自主地阅读着书中那一篇篇催人奋进的散文，或者那一首首韵味无穷的诗，读着读着，如饮清茶，爽心悦目，我也从中感受到了人生真谛，去珍惜时间，珍爱生命，奋发图强，努力写作，我由此产生创作冲动。于是，一篇篇散文或小说，又在孤灯下诞生，又像在艰辛苦涩的打工生活中，放飞一只梦想的鸽子，去寻找另一种心灵的归宿。

有时，我也把一篇篇散文或小说寄给了杨泽明老师，少则三五天，多则十天半月就收到他的回信，或指出不足之处，或肯定文章的成功。更是帮我修改，经过他亲手编发了一些散文在《散文潮》杂志上发表，对我是莫大的鼓励。有时我为付出了很多而收效甚微感到颓丧，有时因为希望变成失望而感到迷茫，便盼望着杨泽明老师的信，从他的信中，得到了继续写作的勇气，获得了不达目的不罢休的决心。灵感又像阳春三月的花朵、阳光，芳香四溢，激情回荡。有时我也因为打工的艰辛，生活的艰难，迷茫的人生，失落的心境所困，又打电话去向杨泽明老师诉说，可从电话里一听见他那洪亮而热情的声音，让我一下子来了精神，所有的困惑，所有的失落，一下子逃得远远的，我抬头看着天空，依旧那么深蓝深蓝，回头看着街道，依旧那么繁华热闹。

有一次，我寄了一首诗《行走在天地间》给他，他看了后说行，推荐给成都的一个杂志了。我为这事非常感动，我所感动的不是这首诗能在杂志上发表，而是为他对人的真诚和热情而感动。

## 二

在多年前的一个“五一节”，我把平日里怎么也忙不完的事扔在一边，把房门“碰”的一声关上，背上背包便踏上了去成都的旅途。因为成都，一直是我向往的地方。

车刚到成都外环路时，我却忘了好大半天的乘车而疲倦，便一下子来了精神，把脸贴在车窗口，尽情地向外望去，像要把这里的一切都要尽收眼里，那一望无涯的平原，那高高的楼房，那纵横交错的立交桥，那繁华热闹的街市……真让我由衷地感叹道：成都，这座因为《星星诗刊》而充满诗意的城市，这个因为李劼人的《死水微澜》而让人向往的地方，今天，我总算见到了你的真容。

到了成都后，我首先就给在成都的一位朋友打电话，他是从家乡县城辞工而来成都的，他接过电话，便问："你在哪儿？""我在人民南路。""你就在那里等着，千万别走开，我半小时后就来接你。"大约过了半个小时，他骑着一辆电动摩托车来到人民南路，找到了我，他已比过去显得老了些，四十刚过的人，看上去与实际年龄不相符，他十分热情地握着我的手，我问他："你么变得比过去老了呢？"他笑了说："也许是出来压力太大了。"

我们便去了荷花潭公园，在那里喝茶聊天，轻松愉快地说一些文学创作上的收获与一些过去的事，浓浓的乡音，朴实的话语，真像杯子里茶，越泡越浓。

随后，我偶尔提到在成都，我有一位两年来一直都在以书信的形式辅导我写作的军旅作家、诗人杨泽明老师，朋友建议打电话给他，如果他有空，就请他来喝茶。我说：“这恐怕不好吧，他这么大年纪了，又是名家，我们应该去登门拜访才对。”

朋友再三的鼓励，我才拿起电话拨通了杨老师家的电话，他接过电话说：“你们在哪里？”“我们在荷花潭公园。”“我马上来！”大约过了半小时，只见一位气质不凡的老人推着自行车来到公园里，朋友问我那是不是杨老师，我说：“我也没有见过？”朋友笑了：“你与他没有见过面？”我点了点头，我便走过去一问：“你是杨老师吗？”他马上伸出手紧紧地着我的手说：“今天我本来有个文友聚会，听说你今天来成都了，当然我得来陪你，毕竟我们是‘文友’又是乡友嘛！”一句话开门见山的话，说得十分真诚而热情，我先前那紧紧的心情一下子就不见了，相反的高起来。

随后，我们三人喝茶聊天，主要说一些文学创作，杨老师像是专门在给我们上一堂文学课，使我们感悟到了许多平时很难悟出的东西。中午，朋友说由他坐桩，在对面一家大酒店吃饭，杨老师说由他请客，因为他是“主人”，我们三人争来争去，没有结果。

在点菜时，杨老师说："不能要多了，吃不完浪费。"我们就边吃菜边喝酒边聊天，最后朋友多年前的一位学生，在成都已当老板了，他来后首先抢着把钱付了，再来陪我们喝酒，朋友风趣地说："你看，我们大家争来争去，最后被我的学生捡了个'便宜'。"下午，我们又去荷花潭公园继续喝茶，又喝了一个下午，五月的阳光虽然火辣辣的，却在轻风中显得那么的灿烂而美丽，公园里盛开的花朵与绿绿的柳枝，更增添了色彩，点缀我们此时的心情。

晚上，杨老师提出由他请客，又到成都一家有名的鱼庄吃鱼，我们又争着买单，最后朋友说："别管这些，等吃了再来决定谁付。"店里的老板十分热情，一个菜一个菜地给我们介绍，我们要了菜，又要了酒，大家谁也不劝酒，而是根据自己的酒量，喝酒聊天，其乐融融。没有一个业余作者在一个老作家面前的那种自卑感，也没有一个打工仔在一个大学教师面前的无地自容。而此时，大家都作为"文友"与乡友，而在浓浓的乡音中，感到了如故乡吹拂着的五月那朴实的乡风，因文而欣喜，因文而陶醉。

随后，我要回成都的一个郊区去，因为我老婆在那里打工，杨老师推着他的自行车送我去公交车站上车，一路上，他十分热情地向我介绍着成都的风土人情。

我在去郊区的公交车上，透过车窗看见那一幢幢崭新的高楼，那打扮时髦的行人，那繁华热闹的大街，那口川流不息的车辆……不停地在我的眼前闪去，像一幅幅美丽而动人的电影画面。而唯一在我脑海里定格的是杨老师那和蔼的笑容，与朋友热情而真诚的话语，还有“乡友”间浓浓的乡情与“文友”间的热情……

啊，我那五月的旅途因为成都而变得美丽甜蜜；成都，因为有杨泽明老师与我的那位真正的朋友，虽然是异乡，也变成了我心灵的热土！

## 三

由于家乡的好多人都举家在成都打工经商，都挣了不少钱而在家里修起了楼房，买上了高档家具，而我仍是一无所有，仍是为生计而奔波的打工仔。听着他们说起成都的繁华与热闹，讲起成都的风土人情，说起成都的日新月异的变化，让我心驰神往。他们劝我一起去成都，我却依然选择了继续在本地打工。可我的妻子却毅然去了成都，我为她的选择感到高兴。

成都，一时间在我心中高大起来，让我为之向往。向往中的成都，不再是因为它是一座充满诗意的城市，不再是因为虚无缥缈的理想去梦寐，而是实实在在的生活，是无情岁月沉淀下来的太多感触，而凝聚着真的实而无奈的选择。

妻子一次又一次打来电话问道："你何时来成都？"我只一次又一次的回答："过一段时间！"

虽然，成都是我为之梦寐，为之向往的地方，但我总在梦寐总在向往之余，又产生着一个又一个深层的思考，成都虽然美丽，虽然繁华，虽然给了不少人的发展机遇与实现梦想的空间，但我又能去做什么呢，或许真实得不再真实的生活，让我已经没有了梦想，成都又让我陷入深深的迷茫中。

让我向往的成都，一次又一次与我失之交臂的成都，不管是让我迷茫或让我叹息，但总如一轮灿烂的阳光，照亮了我脚下艰辛而漫长的路，它那如诗的画面，永远地叠映在我的心间。

如今，我已走出了困境，在县城的一个文化部门上班，但我依然向往成都！

# 县城

在我的记忆中，县城不是很大也并不很热闹，但仍那是我十分向往的地方。

小时候，偶尔跟着爷爷去镇上赶回集，总是想象着县城是如何如何的繁华，如何如何的美丽。也想象着古朴典雅的八仙桌，在悠闲的老人们的几句京戏唱腔中，县城就充满着厚重的文化底蕴，更让人向往和憧憬。

我真正第一次去县城，还是我当赤脚医生的父亲在县人民医院培训时，通过我好说歹说，而且尽量收起我那顽皮的性子，整天努力干好妈妈安排我的活儿，也就是母亲在我父亲面前才我说了几句好话后，父亲才带我去县城。县城给我印象是宽宽的街道，来来往往的车辆，还有穿着时髦的行人，在街道上逛街和漫步，有说有笑，摊点前还有动听的歌声和叫卖声……让第一次来县城我，有如梦里一般，高兴得左看看右瞧瞧，似乎总是看不够。

第二天正好是星期天，父亲就带我去县城的街上逛逛。那时县城并不大，只有一条石板铺就的窄窄的街道，街道两边是一些低矮破旧的房屋。不远处就是一个十字路口，沿十字口往上就是西门，往下就是东关，这十字口就是县城最热闹的地方。我和父亲就沿着十字路口往东关的一条石板街走，这条街就是当时县城里最为“繁华”的街道。县城的集市主要集中在这条街上，那些简陋的茶馆和店铺，门前搭了棚子，有的在卖包子、油条、糕点、小吃，有的在卖土产杂品、有的在卖布鞋凉鞋等摆满了各种摊点，锅碗盆勺，米缸面瓮，绳索吊钩，铁器农具，叉耙扫帚，家织土布，可谓是琳琅满目，应有尽有……在我走累了，父亲在一个小难上给我买了几个苹果，当我第一次吃着这香香的、甜甜的苹果时，心里不知有多开心，仿佛关于我第一次去县城的记忆就像这苹果的味道一样，香香的、甜甜的。

在我第一次去过县城之后，很多年都没去过县城了。直到我上初中时，因为我写的一首小诗在县文化馆办的小报上发表后，县文化馆通知我去开全县文学创作会时，我才得以第二次去县城。这时的县城不再是苹果那种味道了，似乎处处充满着诗意。来自全县的业余作者，在县城的招待所报到后，除了开会，便是一同逛街，一同玩，谈天说地，谈诗论文，短短的两天，我似乎又重新认识了县城，在十字口沿着上北山的那条街上，也全是一些古朴破旧的房子，但古朴得充满着诗意和梦想。

从此以后，没事时我总想往县城里跑。只要我一来到县城，就要去街上逛逛，县城里的那条老街，它相对于集中了银行、商贸、酒楼、宾馆、电影院等代表县城脸面的形象，仿佛看上去原始而顽固，弥漫着久远年代的气息。还有矗立着巍峨挺拔高层标志性的建筑，在人们那热闹的声音里，毫无表情地匍匐于县城的深处，一群汗衫短装的爷们闲散地坐在街边的竹椅子上，摇着蒲扇下棋、泡茶，过着自个儿的油盐酱醋、锅碗瓢盆的悠闲生活。记得有一天中午，我还独自去到县城的电影院看了一场电影《少林寺》，那较好音响，宽宽的银幕，比起乡下的露天电影好看多了，那电影里的故事，那看电影时说不出的美美地感受，至今还让我记忆犹新。

那时，我更是对县城充满了向往。只要一来到县城，就要去街道上逛逛，那时的县城有两条相互交叉的老街，看上去原始而顽固，弥漫着久远年代的气息。还有矗立着巍峨挺拔高层标志性的建筑，在人们那热闹的声音里，有的闲散地坐在街边的竹椅子上，摇着蒲扇下棋、泡茶，过着自个儿的油盐酱醋、锅碗瓢盆的悠闲生活。也有谈诗论文的，更是为县城增添了色彩。

从此，我就与文学结下了不解之缘，也认识了一批县城的文友。每次聚会，文友们总是高兴而认真地或朗诵最近写的诗，或讨论别人的作品，总有说不完的话语，总有讨论不完的话题。到了中午，大家喝二两老白干吃碗豆花饭，每次都觉得其乐无穷，每次都觉得很满足。在我的内心深处，我认为在县城里认识了一帮文友是一种幸福，更是觉得县城接纳了我，我为我的诗歌走进了县城兴奋不已。

我高考落榜后，便去到外地的一个小镇上打工，对家乡的县城是更加的思念。在每天加班加点干完繁重的活儿，回到租赁房里不管再苦再累，总要对着窗外的月光，想着家乡，更是想念着家乡的县城，因为那里有我的梦想。仿佛县城在我思念中诗意起来，比戴望舒的雨还要诗意。于是，我不知多少次梦想回到了县城，那沿街五花八门的商铺里的叫卖声，却是多么好听。那些与居民生活密切相关的商品，如扫帚、拖把、锅盖、蒸笼等日用杂品也那么的亲切。当然，最让人难忘的是与文友在街道逛街。记得在那一个拐角逼仄处闪出一挂毛巾挡住的脸，仔细一瞧，原来是开着一家没有配备推剪剃刀的发廊，大白天放下半边门帘，夜里则透出暧昧昏暗的红色灯光，当时让我们都感到吃惊，后来大家都明白了也会意地笑了。这就是县城，少了这些，县城的内涵似乎就要显得苍白了许多。

多年前，我大学毕业后来到县里的一个文化单位工作，从此我就在县城工作和生活着。如今的县城可不再是以前的县城了，县城变了，一天天变得美丽而繁华起来。我也没事就喜欢去步行街逛逛，因为县城的步行街最热闹，宽宽而整洁的街道上总是人来人往，街两旁商店里琳琅满目的商品像在展销一样，应有尽有，衣服花花绿绿，珠宝闪着迷人的光芒，吃的食品飘着惑人的馨香……人们笑着观看的，讨价还价的，也有老板静静地等待顾客的，也有大声叫卖的。有时想卖点日用品，也尽情地挑选，不买也去那里感受一下热闹和悠闲。

不光是步行街，就是整个大足城，时常给人耳目一新的感觉。那边的报恩路、龙中路、宾河路等各条街，都变得热闹非，人气十足，那高高的楼房、宽宽的街道、来来往往的车辆，川流不息的人们，显示出大足那向大都市迈进的独特魅力。好吃一条街、特色一条街、昌州古城等等，让千年大足那厚重历史得以尽情地发挥。新世纪、永辉超市、苏宁电器等大型卖场和超市进入，让老百姓的生活更加便捷，让老百姓在家门口就能买到所需的生活用品。

生活在城里，不但每天能感受到热闹，生活上的便宜，还能让人们每天都能呼吸到新鲜空气，是一件十分惬意的事。在每条街道上，不但有新栽的树，还有古树高高耸立，让崭新的大足城又多了森林般的清幽、恬静。那街道两边的人行步道上，刚铺上花岗石人行步道，让大足城散发着高雅的现代气息。每年开春，树上的叶子变绿，绿得来整个城市都如诗如画。夏天，那大树像撑着一把把大伞，不管再大的太阳，也晒不着在街道上行走的人们。秋天，树上的叶子地蔫红地落了，濑溪河里轻柔的河水也变得越发清澈透明。不管是城里，就是城外四周的景色也很美，是相互映衬，是相互比美。看那北山也苍翠、南山更深绿……

县城，不仅城市环境优美，还配套功能完备，是全国人居环境范例城区，国家级生态示范区，国家卫生城区，国家园林城区，市级山水园林城区。有五山一带多园的绿地。其中，五山包括南山、北山、插旗山、狮子山和三角山等大型生态文化旅游公园，保护与控制沿山地区的开发建设；一带是依托濑溪河，打造滨水公园绿地系统，串联多个公共服务中心和组团公园；多园是形成城南中央公园、海棠香国公园两个城市级公园与多个组团公园均衡布局的公园绿地系统。尤其是大足新打造的孝文化公园，通过整治后，变得干净整洁，坡上有长廊、搂亭，下面的平坝栽上花草、树木，新铺了花岗石地板，是人们健身、休闲、观景的好去处。

如果吃了晚饭，也可以出去走走，因为大足实施了灯饰工程，大足城的夜色更美。城区主次干道、桥梁、河堤、广场、街头游园、街道建筑物、重要行政单位和窗口地区标志性建筑、商务大楼、物业小区等都实施夜景灯饰工程。不管走到哪条街上，都有一排排路灯照射的路上，都让人感受到美丽而温暖。在路灯下，人们喜爱在饭后出来散步或健身，街区因此多了一道亮丽的风景，谈笑风生地在灯光下悠闲漫步，感觉日子真的是越来越好。偶尔有人们在夜晚独自外出归来，一路也因有了灯光的相伴，整个心都会感到踏实了很多。

在美丽的夜色中，街道上像镀了一屋金，人走在上面就像仙境一般，如梦似幻，心情十分舒畅。那一幢幢高楼，在闪烁的灯光下，如一位穿黄戴银的少女，落落大方，亭亭玉立，给人一种美的享受。如果这时在宾河公园走走，那濑溪河的水里倒映着五彩缤纷的灯光，像“海市蜃楼”一般，人在河边走，梦在水中游。如果沿着龙中路走走，在那一排排整齐的路灯的照耀下，更显出一种空旷幽静的美。街道边的田野静静的，农舍陶醉在幸福温馨的欢乐中，给人的感觉不仅仅是恬淡，更是静谧。再远远看去，那凌空而起的建筑，迷蒙中恍若是山峦的起伏。或强或弱的灯光从鳞次栉比的窗户中渗出，依次在视线中如波光般闪烁……

在宏声广场上，这边响起《春江花月夜》的乐曲，那边《天边》

的歌声，不知不觉中，让人恍如已置身于美妙音韵之中了。一群群中老年男女，身着白色的、红色的、蓝色的健身服，纵横有序地和着乐音，正在跳着优美的健身舞……广场旁边的人行道上的树木，蓊翁郁郁，在月色的浸润下，在夜色的迷蒙里，显得端庄而又安谧，淡光疏影，斑驳琉璃。三三两两的行人在光影里游离，偶或有熟悉的倩影摇曳而至，一声问候又倏然而去，慢慢地氤氲在身后的一片树影中，留下的却是一丝温馨、一缕清闲、一份欢乐……

在县城里生活久了，对这里也有更加地了解。城区基础设施正在改善，全新的公交车不但贯通城区各个角落，还贯通南北东西，线网覆盖面广、站场换乘高效、交通秩序和谐、出行环境靓丽的城乡统筹发展的公交客运体系，方便了人们出行。吃、住、娱的一体化建设，让人们在县城里生活得更加幸福和谐。休闲娱乐景点星罗棋布、清清的濑溪河水送来阵阵清新，美丽的宾河边公园让人流连。

今天的县城，是一座美丽之城，相信它会变得越来越美！

# 追寻梦想

## 一

天上下着雪，我沿着乡下老家那条土公路，艰难地推着自行车往前走，脚上却穿着一双凉拖鞋，哪怕脚和推车的手早已冻僵，但还是满心欢喜，因为这是去县城参加文学社活动，仿佛文学就是火，点燃了我心中的梦想。

那是30年前，怀着对文学的那份痴情，高中毕业没考上大学的我，整天梦想着能通过写作改变命运，总有一天能走出大山，对文学的梦想让我在乡村的日子里充满诗意，让多在多少个失眠的夜里，感受着山风般的温馨。我便努力看书写作，哪怕白天干活累了，晚上只要拿起笔就似乎让我心旷神怡，对未来充满着无尽的遐想。我便四处投稿，尤其是县文化馆办的文学小报，我不但寄稿子，有时还专门乘车去县城送稿子，仿佛去县文学馆那干净的环境，那充满文化味道的感觉，让我无尽地向往，心想有一天，我也能通过写作，能走进这县文化馆工作，仿佛这就是我写作的梦想。

通过来县里召开文学创作会，也结识了一些文友，在那个人人以写作为荣的年代，不但写作热情高涨，而且各种文学社相继成立，我也加入了其中一个文学社，因为大多住在县城，所以每次活动都在县城开展，前几天社长通知周末搞活动，可没想到那天正好下大雪，我不想放弃这样的活动，便仍前往参加，因当时经济困难，只能骑自行车去，在将自行推出几里路远的土公路时，我在一冬水田边用水把车上的泥和脚上的泥洗耳恭听干净后，便骑着自行车去县城。

从镇上去县城乘车要半小时，而骑自行车得一个多小时，又是下雪天，当时也是石子路路很滑，可我却没有因此退缩，而是十分开心地骑着自行车向县城赶，公路边显得格外的白，满山的树木，都挂满了雪花，像披上了一层白色的银装，点缀了盛开的白莲花，使万物都变得那样的纯洁。山里的雪盖满屋顶上，铺在了道路上，洒满了田野里，大地一片银白，漫天飞舞的雪花，仿佛天地融为一体，笼罩在这白色的世界里。

俗话说“瑞雪兆丰年”。寒冷的大雪，它冻死了越冬的害虫，滋润了庄稼的生长，勤劳的山里人将这雪称为冬天里的棉被，“冬天麦盖三层被，来年枕着馒头睡”雪越厚，来年的麦子越长越好。也不时看见孩子们会邀上小伙伴，堆雪人、打雪仗、滚雪球，他们尽情地在雪地里玩耍，不亦乐乎。孩子们的嬉闹，暖心的芬芳，绽开在记忆里的童年。

骑车行走在去县城的公路上，仿佛置身在茫茫的雪地里，静静的停留，如风吹落叶一般，飘送这里，折下一枝红梅，闭上双眼，在这雪地里默默地守望，游子的心房，被雪抚慰下的心灵，开始安静，仿若在母亲温暖的怀抱里一样。独行在追梦的路上，哪怕是下着雪，也感觉到处处是风景。白白的雪，带来四处的宁静，美好的希望，让人眷恋在那晶莹锡透里，雪花纷飞飘落，飘过那高山、飘过那树林、飘过那河流，飘过那岁月的流淌，洗涤山里的一切尘埃。静静地听着远山与雪，一草一木，一山一路，那里才是美妙的歌声，更是充满诗情画意。

到了县城，找到文学社活动地点，没有会议室，而是在一个文友家里，大家畅谈一下写作感受，有的朗诵自己的作品，仿佛在一起谈谈文学，听几句文友的好话，似乎得到一种心灵的安慰。中午就在这个文友家吃饭，没人给一分钱，几乎每次活动都在这里，他也每次都这样好酒好菜招待大家。吃了饭后，大家就散了，我又骑着自行车回去，这时的雪似乎越下越大，而我却没感觉到冷，而是横身上下却充满了写作的激情，心里暖暖的。

## 二

遥望苍穹，梦想如星空闪烁着那么遥远，似乎又如此真实，因为那是心中不灭的追求，是浮于现实的繁华与幻想。梦想是蝴蝶的翅膀，有了它才有了翩翩起舞的舞姿。梦想是一缕阳光，驱散了我前行的阴霾；梦想是一泓清泉，洗净了我心中的铅华。在年少的时候，它离我仿佛那么远、那么渺茫、那么不真实；而在壮年时的我，它离人们仿佛又那么近，那么清晰，那么令人振奋。

由于爱好写作，也在报刊上发表了一些文章，我被聘在县报社工作。当我走进繁华的县城，看着穿着时髦的行人，仿佛真正走进了梦想的星空。看着净整洁的报社办公室，闻着油墨散发的清香，似乎觉得是梦想改变了自己。本想来报社上班，不是当编辑就是当记，可哪有那样的好事，我干的却是校对工作。这是一个很辛苦的工作，一般是没人愿意干的，因为白天编辑编好稿后，再交值班副总编和总编审，在所有泫程走完后，稿子交到排版室已是晚上了，而校对几乎就是晚上，而且一校二校也常还有错误，但仍让我高兴，仿佛这就是走近梦想的第一步。

在这个环境里工作，我多么向往那些编辑记者，仿佛他们那整天忙碌着而又风光的身影，是那么的高大，真有点高不可攀。有时，我白天没事时，便凭着私人感情，跟着一些记者出去采访，暗地里也让自己当一回记者，实际上是出去玩，有时记者们喝了酒后不想写稿，我便私下接下写稿的活，帮他写，写好后交给他署名却是人家的名，但我也没有怨言，仿佛也是一种锻炼自己的机会。

有一次，在记者派出去完了后，报社突然接到一个条访任务，实在没人在，总编知道我是搞写作的，有一定的写作功底，便叫我去顶一下，我便去条访了，回来后，我便写了一条新闻，交给总编一看十群高兴，觉得我这条新闻角度选得好，也写得好，不但县报发了，投给市报也头版发了。从此，总便把我的工作换了，当我当干记者工作了，这一天的到来，我等了很久，似乎在报社干校对三年才得来的。

从此，我更加珍惜这来之不易的机会，我便努力工作，努力写新闻稿，年年被市县表彰为先进新闻工作者，干了记者不到两年，县里下文件全部解聘临时工，我又不得不离开报社，梦想一时间化为泡影。

## 三

那是一个初春，我收拾行装，去外地的一个小镇打工。背包里除了衣服，便全是书和稿子，仿佛不是去打工，而去采风一样，把本来很苦的打工生活，一下子就诗意化了。

我追逐梦想，追寻金色的希望。每一次扬起风帆去远航，难免都会有阻挡，每一次张开翅膀去飞翔，难免都会受伤。只能将梦想在心中埋藏，寻找属于自己的蓝天。我明白：在人生的道路上难免不会遇到挫折，偶尔遇到挫折，就犹如遇到暴风雨般的平常。当遇到这种挫折、困难、忧伤、失意时，不要灰心丧气，应该沉着应对。不经历风雨，怎么见彩虹？梦想是伟大的，有了梦想，生活才有了精彩，人生才有了意义。正因为梦想，才让我变得更加坚强。

可去到青木关镇那家摩配厂打工后，才知道出门打工，不像想象的那样美好，而是又苦又累。每天繁重的工作和白班夜班地来回倒，仿佛让我生活次序被打乱，为了养家糊口，不得面对现实，只能放下手中的笔，只能与心爱的文学创作说再见，整天在 10 小时或更长的节奏奔忙，就是下班后也跟工友一样，不是逛街就是喝酒，跟以前的我判若两人。

时间一晃三年过去了，有一天，我在厂门卫室看到一张由青木关镇“滴翠文学社”主办一张《滴翠》报，我看了第 4 版副刊上的文章，我认为这是一张办得不错的报纸，我想我也可以写一篇文章去发表，以挣得十元或二十元钱买几包烟抽，虽然三年没动笔了，但因以前写作多年，正好第二天就是星期天，我就花了半天时间，写了一篇散文《采茶》，因为上周周末才和工友去到坡上采过，我抄好就去到镇上的邮局寄去，没几天，我突然接到当时这报纸的主编郭永明的电话，说："我们看了你这篇散文，写得很好，我马上来你家里拜访。"

那是一个大热天，年已近六旬的郭永明老师却找到我的租赁房，他的衣服已被汗水打湿，我当时好感动，他真是一位好老师，当晚滴翠文学社的几位文友便请我在青木镇最好的饭店吃饭，这是我离开县报社三年来第一次被人请，当晚人产边谈文学边喝酒，也许都有相同爱好，大家很谈得来，一直谈到深夜才回家。

从此，我便加入了青木关文学社，也经常参加滴翠文学社的活动，在文学社的浓浓的文学氛围中，我又燃起了写作的激情，便一篇一篇地写，也一篇一篇地往外投稿，也偶尔有文章报刊，不久，在文友的鼓励和支持下，我的第一本散文集出版了，也算我在这里打工外的另一种收获。

## 四

由于出版了一本散文集，被家乡一文化单位的领导看见，特聘我回本县的县报社工作，仿佛从此因为写作改变了命运。

又是一个春暖花开的春天，我回到县城一个文化单位工作。从此，有了一份稳定的工作，生活有了规律，不像在厂里那样，白班夜班来回倒，倒来倒去似乎分不清哪是白天哪是夜晚。也许有了充足的时间，给了我创作的时间和灵感，写出的一篇一篇散文和小说不断地在全国的报刊上发表。

每个周末，便和文友们坐在县城河边的露天茶馆，谈诗品文。似乎从茶馆里的那几棵大柳树上长出了新芽，仿佛茶里也充满了浓浓的诗情。在柳树落光叶时，话题中仍有对来年的春暖花开的憧憬。写作、上班、喝茶，让文学梦变得更加的光彩夺目。

可一天天，一年年就这样过去了，除了在报刊留下了一些文字，还有出版的几本书像沉睡的孩子躺在书柜里外，另外多了一些人称为“作家”外，似乎没能改变什么。岁月渐远，人生匆匆，人到中年，梦想似乎不再缥缈，而是实实在在，但对文学的那份热爱初心未改，只是这个梦想不再是某种高度，而是一种怪守，一种情怀。

又是一个深冬的年关，我又乘车去到木关，这乘车而是青木关镇镇政府龚国忠站长开车来接，因为这是去的“滴翠文学社”的年终总结会，因为现不在青木关镇上了，平时文学社的活动很少参加，而每年一次的年终总结我是必须去，车在高速路上奔驰着，同样的一条从大足去青木关的路，却给我不同感受，窗外的山仍是那山，似乎多了一些情感的沉淀，水仍是那些水却显得更有灵气，土地仍是那片土地却更加的厚重。

与其说这是“滴翠文学社”的年终总结会，还不如说这是文学社的文友们的一次聚会，在这里大家似乎有一种获得感，不管你写哪种体裁，不管你成就有多大，只要写了就能得到承认。

似乎每年，我都获得了“滴翠文学社”文学创作奖，当我手里拿着红红的奖状，我心里无比的高兴，虽然这只是一个镇上的文学社颁发的奖，却胜我得到的县级、省级文学奖，因为青木关镇“滴翠文学社”今年被《人民日报》用一个整版报道过，成为青木关以及重庆的一张文化名片，更主要的是青木关是我心灵的热土，“滴翠文学社”是我梦想的起点。

这是我离开青木关那个小厂后的12年，我依旧行走追梦的路上。

# 高山竹

高山上的竹子，整日吮吸着山水灵气，有着耐寒宜暑的性格，我赞美高山竹。

也许是我的母亲常年编竹席，我对竹子并不陌生。我的老家在一个小山坡上，房前院后都是竹子，那些竹子不是毛竹，更不是斑竹和水竹。而是一些能编竹席的慈竹。虽然我不知道这些竹子是哪辈人栽的，但整个院子都掩映在竹林丛中，不管严寒酷暑，竹子都是青青的，茂盛的，小院里似乎就有一种仙境般的幽雅与别致。天热时竹林里就是乡邻们乘凉避暑的好去处，冬天别的树木落叶了枯了，但院前的竹子依然挺拔且充满生机，将小院点缀得格外的美丽。

在那八十年代，竹子似乎成了我家的“摇钱树”，会编竹席的母亲就靠这些竹子，支撑着一家人的油盐柴米，也支撑着家里的零用开支。在村里，其他编竹席的人家全是买竹子，我家全是自家栽的，不知让多少人羡慕，都说我家的老祖宗有眼光，栽了这么多竹子。父亲只要一有空就砍竹子，饭前饭后就忙着弄篾条或帮母亲编竹席，编竹席虽然辛苦，但一家人却其乐融融。

那时，竹子在我的心目中，就像父亲一样坚强、朴实，不管多大的风霜雨雪也压不倒它。也像母亲一样勤劳、善良，总是小心翼翼地呵护着小院和家人。一年四季，父母都用它编竹席来维持一家人的生计，一张张凝聚着心血，充满着希望的竹席，不知给父母带来多大的欢乐与欣喜。这样竹子就成了我家生活中，不可缺少的一部分。也因为我家房前屋后的一大片竹子，常有小伙伴来玩，在竹林里捉迷藏、打闹、做猪八戒背媳妇等游戏，我童年那快乐的笑声常常在竹林里回荡……

在阳光明媚的日子里，我常常端几盆水，用手泼给竹林，我喜欢看它洗礼后的清纯和那留在片片叶子上的小太阳。下雨天，我站在竹林旁和竹林一起淋雨，去感受只有在雨中才有的快乐和顽皮。炎热的夏天，竹林遮严了宽敞的窗户，屋里便凉丝丝、清幽幽、香喷喷的了。在那月夜里，躺在床上的我，总爱沿着窗户看去，竹子闪烁着深绿、嫩绿和银白色，细碎、零乱而稠密，好似一幅流淌的玻璃画，让我那充满青春的梦想变得格外的绚丽。

我在城里上学时，常想着老家的竹子，虽然城市里没有竹子，但却从书上读到了郑板桥的《竹》：“一节复一节，千枝攒万叶；我自不开花，免撩蜂与蝶。”从此，似乎对竹有更多的了解。竹不开花，它没有牡丹的高贵，也没有君子兰的艳丽，更没有月季的引蝶浓香，也没有茉莉的诱人清香，但它朴素，不炫耀，不卖弄，坚定自己的信念，真实地生活。竹刚直挺拔，也柔软曲折，刚柔相济，曲直一体，抒写出它独特的美。

也就是这些竹子，让我家的日子变得日渐丰实。娘在编竹席时，总要叫我坐在她的身边学编竹席，就像当教师的母亲，早晚都叫儿子做作业一样，娘常念叨着：“娘没别的本事，只会编竹席，娘不能教你读书认字，只有教你编竹席了。”开先，我也就听娘的话，跟着学编竹席，渐渐地长大了，我就不再想学编这个了，因为我看见娘编竹席多辛苦，早也忙来晚也忙，一天到晚，一年到头教在忙，忙来忙去还是忙，也挣不了多少钱。娘说：“编竹席这手艺，是挣不了多少钱，但在没别的门路挣钱时，也可维持生计，人的一生，谁能说得清，是穷还是富呢！”

在我高中毕业后，我没考上大学。在家里干农活，根本受不了那份苦，出去打工，又没有门路。还好，我还跟母亲学了编竹席的手艺，就跟着相邻的几个长期在外，以编竹席为业的人出去编竹席。本来在家里我就跟娘没有认真学过编竹席，只是算得上做得成的我，从编竹席的质量与速度来讲，与别人相比，相差甚远，而大家出来又是专门以此为业，一天两天不说，可时间长了，大家都对我有很大的意见，我受不了同伙的白眼，只好收拾东西独自回家。我向娘说明原因，娘说：“你就好好地在家里学学吧，编竹席也不是想像的那么简单，跟做任何事情一样，要用心去学去做才能精通，熟能生巧嘛！”

出去做竹席手不成，回家来就认真跟母亲学编竹席了，真是熟能生巧。一年后，虽然我编竹席不算精，但还是自我感觉良好。后来，我跟村里会编竹的年轻人一样，去一个远离家乡的小镇上打工。

那年的初夏时节，天气渐热，厂里又处于生产淡季，我便利用自己从小跟母亲学会编竹席的特长，趁工余时间替当地人编竹席。以挣得微薄的收入来维持生计。可去坝上那些院前院后的大片大片的竹林里砍竹子，这些早年被小镇上的纸厂当成“宝”的竹子，如今却被当地人蔑视，砍来当柴烧，又比不上煤气与煤球便宜，砍来编竹筐竹背篼呢，可这里早已成为工业小镇，人们除了整日忙碌在大大小小的厂矿企业里干活，谁还来种庄稼还用得着这些肩挑背磨的竹筐竹背篼呢？自然这些竹子就只能像那些荒芜着的土地里的草一样，自然而然的长，又自然而然的枯萎。

于是，我却把它当成了可利用的资源，变废为宝了，便去砍来编竹席，虽说这坝上的土质很肥沃，但离镇上近，厂矿企业里的废气废水将它们所污染，砍来的竹子多半没有韧性，易折断，让我深深地为之惋惜。就因为这个原因，可当地有些需要竹席的人家，却不要在坝上砍的竹子编的竹席，他们都说那高高的山顶上的竹子好，有耐性，没有被污染，有益于身体的健康，我就萌生了去高山上砍竹子来编竹席的念头。

第一次上山，是一位当地老人领我去的，他领我穿过那深深的草丛，他在前面用刀砍路，我就气喘吁吁地跟着他往山上爬，他边砍路边说：“过去，这儿就是一条上山的大路，怎么现在就没有人走了呢？山上是一片大茶园，过去上山采茶的人很多，现在却无人问津，路也没有了。”我跟着老人走了好一阵，终于爬上了山顶，果然，那一大片大片的竹林就映在眼前，让我兴奋不已。老人指着这片竹林说：“这片竹林，是我们亲手栽的，当时镇上只有唯一的一个企业——纸厂，这片竹子长成林后，年年都上山来砍竹子去卖给纸厂，这些竹子还是我们的主要经济来源呢！现在镇上厂多了，人们都有钱了，谁还来管这些竹子呢？”

我看着这些竹子，果然与下面坝上的竹子不一样，嫩绿色的竹叶，在风中舞动着，发出了轻轻的声响，而那一根根竹子，却高高地耸入竹林中，显出了蓬勃生机，整个山间空气清新，还未散尽的白雾，还在山间回旋，小鸟在林间跳跃，发出动听的歌唱。我便开始砍竹子，便有些不忍打破这林间的寂静。老人似乎看出了我的心思，他说：“砍吧，竹子这东西不像树，更不像其他植物，年年砍才年年发，如果不砍，它就会自然而然地死去。”其实，我也懂得这个道理，因为在家里常年编竹席的父母，把竹子真的当成了宝，可父亲总是年年砍年年修，竹子也一年比一年长得高长得大，院前的那片竹林更是一年比一年长得更茂盛。

随后，我便走进竹林里，砍着那一根根竹子，心情也为之舒畅，这些竹子从颜色上看，青青的，纯天然色，没有一点像被污染过的那种黄斑点；从简口上看，根根简口稀，节巴少，叫作“拉简”，好做活儿，编出来的竹席，就显得平整受看。老人说：“用这高山上的竹子编竹席，据说有清暑耐湿的功效，我之所以执意要你上这山上来砍竹子给我编竹席，完全是为我那瘫痪在床的老伴，不是想用这张竹席治好她的病，而是让她更轻松地过完这个夏天……”

我打断老人的话，说：“也许是吧，因为这高山上的竹子，整日整日吮吸着山水灵气，更是吸取了日月精华，也许除了有清暑耐湿的作用，更有延年益寿的作用吧！”老人听后又高兴得像个孩子似的说：“真的吗？要是真是这样，我当年栽下的这些竹子，就总算没白栽了。真是老天有眼，用这种方式来回报我这个当年的栽竹人呀！”

待竹子砍好后，由于下山的路远，又十分的陡峭，我便在山上把竹子划成蔑条，拿下山又好拿又轻松。在划蔑条中，一阵阵竹子的清香扑鼻而来，老人说：“这竹子有香味？”我点了点头。这竹香，既像青青的小草般的幽香，又像花朵般的芬芳，更散发着山间清新的泥土气息，让我陶醉，更让老人陶醉。随后，我们扛着已划好的蔑条，沿着来路下山，老人说：“这条路我已有十年没走了，今天为了上山砍竹子，我又来走了一回，我高兴呀！好像又回到当年栽竹子、砍竹子的情景，那时我年轻，路上我们还要唱山歌，还要与上山来采茶的姑娘对歌说笑呢！“老人说着陶醉在一种难以平静的喜悦之中，我也被老人的兴奋劲所感染，更是陶醉在一种因为劳动才能获得的愉悦之中，心情也久久不能平静。

回来后，我就赶紧用这高山上的竹子为老人编成了竹席，好让他生病的老伴躺在这张竹席上，轻松而愉快地过完这个夏天。当老人拿着这张竹席回家时，逢人便说：“这是高山上的竹子编的，就是与坝上的竹子编的竹席不一样，能清暑耐湿，能延年益寿，最适合我瘫痪在床的老伴睡。”经他这么说，相邻的好几户人家，也要我用这高山上的竹子给他们编竹席，我便在他们的引领下，来到高山上砍竹子，再划成蔑条拿下来，虽然爬这么高的山很累，但我也心甘情愿，也可以从中去感受一番大自然的美景，站在高高的山上，听不见小镇上繁杂的喧嚣声，像竹子一样吮吸着清新的空气，沐浴着暖暖阳光，心情也格外的舒畅。

就这样，整个夏天我就在替当地人编竹席，火辣辣的太阳晒得我汗流浃背，屋里闷热的天气让我编竹席时，总是衣服湿透，但我只要闻着竹子散发出的清香，看着主人满意地拿着竹席回家去时，我的心里也有着无比的激动与高兴，心情也格外的舒畅，让我也从中得到了经济实惠，这个夏天我也过得十分充实。

可在夏天一过，厂里又恢复了生产旺季，而那些经不住淡季煎熬的工友有的早已离去，可在旺季时又想回厂却不行了。而我就靠这编竹席走出了困境，终于又忙碌于厂里那紧张忙碌的节奏中。高山竹，过去人们栽下它，年年被人砍来卖纸厂，为这里的人们的吃穿用立下了汗马功劳，可如今却被人们遗弃，可它依然默默地生活，沐浴着阳光雨露，头顶一片蓝天，脚踏一方净土，依然对生活充满信心。

我赞美高山竹，我更想变成一根高山竹！